你有理由等待更美好的繼續

——這個時代是我們的——

林徽因——著

你是四月早天裡的雲煙，是天真，莊嚴，你是夜夜的月圓
你是一樹一樹的花開，是燕在梁間呢喃
—— 你是愛，是暖，是希望，你是人間的四月天！

目錄

目錄

你是人間的四月天（詩歌卷）

目錄

這個時代是我們的（散文卷）

朋友們努力挺出一根活的萌芽來，記著這個時代是我們的。

窗子以外

話從哪裡說起？等到你要說話，什麼話都是那樣渺茫地找不到源頭。

此刻，就在我眼簾底下坐著是四個鄉下人的背影：一個頭上包著黯黑的白布，兩個褪色的藍布，又一個光頭。他們彎起膝蓋，半蹲半坐的，在溪沿的短牆上休息。每人手裡一件簡單的東西：一個是白木棒，一個籃子，那兩個在樹蔭底下我看不清楚。無疑地他們已經走了許多路，再過一刻，抽完一筒旱煙以後，是還要走許多路的。蘭花煙的香味頻頻隨著微風，襲到我官覺上來，模糊中還有幾段山西梆子的聲調，雖然他們坐的地方是在我廊子的鐵紗窗以外。

鐵紗窗以外，話可不就在這裡了。永遠是窗子以外，不是鐵紗窗就是玻璃窗，總而言之，窗子以外！

所有的活動的顏色、聲音、生的滋味，全在那裡的，你並不是不能看到，只不過是永遠地在你窗子以外罷了。多少百里的平原土地，多少區域的起伏的山巒，昨天由窗子外映進你的眼簾，那是多少生命日夜在活動的所在；每一根青的什麼麥黍，都有人流過汗；每一粒黃的什麼米粟，都有人吃去；其間還有的是波折，是熱鬧，是緊張！可是你並不一定能看見，因為那所有的波折、熱鬧、緊張，全都在你窗子以外展演著。在家裡罷，你坐在書房裡，窗子以外的景物本就有限。那裡兩樹馬纓，幾棵丁香；榆葉梅橫出瘋杈的一大枝；海棠因為缺乏陽光，每年只開個兩三朵——葉子上滿是蟲蟻吃的創痕，還捲著一點焦黃的邊；廊子幽秀地開著扇子式，六邊形的格子窗，透過外院的日光，外院的雜音。什麼送煤的來了，偶然你看到一個兩個被煤炭染成黔黑的臉；什麼米送到了，一個人掮著一大口袋在背上，慢慢踱過屏門；還有自來水、電燈、電話公司來收帳的，胸口斜掛著皮口袋，手裡推著一輛自行車；更有時廚子來個朋友了，滿臉的笑容，「好呀，好呀！」地走進門房；什麼趙媽的丈夫來拿錢了，那是每月一號一點都不差的，早來了你就聽到兩個人唧唧噥噥爭吵的聲浪。那裡不是沒有顏色、聲音、生的一切活動，只是他們和你總隔個窗子，——扇子式的，六邊形的，紗的，玻璃的！

你氣悶了把筆一擱說，這叫做什麼生活！你站起來，穿上不能算太貴的鞋襪，但這雙鞋和襪的價錢也就比——想它做什麼，反正有人每月的工資，一定只有這價錢的一半乃至於更少。你出去雇洋車了，拉車的嘴裡所討的價錢當然是要比例價高得多，難道你就傻子似的答應下來？不，不，三十二子，拉就拉，不拉，拉倒！心裡也明白，如果真要充內行，你就該說，二十六子，拉就拉——但是你好意思爭！

車開始輾動了，世界仍然在你窗子以外。長長的一條胡同，一個個大門緊緊地關著。就是有開的，那也只是露出一角，隱約可以看到裡面有南瓜棚子，底下一個女的，坐在小凳上縫縫做做的；另一個，抓住還不能走路的小孩子，伸出頭來喊那過路賣白菜的。至於白菜是多少錢一斤，那你是聽不見了，車子早已拉得老遠，並且你也無須知道的。在你每月費用之中，伙食是一定占去若干的。在那一筆伙食費裡，白菜又是多麼小的一個數。難道你知道了門口賣的白菜多少錢一斤，你真把你哭喪著臉的廚子叫來訓斥一頓，告訴他每一斤白菜他多開了你一個「大子兒」？車越走越遠了，前面正碰著糞車，立刻你拿出手絹來，皺著眉，把鼻子蒙得緊緊的，心裡不知怨誰好。怨天做的事太古怪，好好的美麗的稻麥卻需要糞來澆！怨鄉下人太不怕臭，不怕髒，發明那麼兩個簍子，放在鼻前手車上，推著慢慢走！你怨市裡行政人員不認真辦事，如此髒臭不衛生的舊習不能改良，十餘年來對這糞車難道真無辦法？為著強烈的臭氣隔著你窗子還不夠遠，因此你想到社會衛生事業如何還辦不好。

路漸漸好起來，前面牆高高的是個大衙門。這裡你簡直不止隔個窗子，這一帶高高的牆是不通風的。你不懂裡面有多少公務員，辦的都是什麼事；多少濃眉大眼的，對著鄉下人做買賣的吆喝詐取；多少個又是臉黃黃的可憐蟲，混半碗飯分給一家子吃。自欺欺人，裡面天天演的到底是什麼把戲？但是如果裡面真有兩三個人拚了命在那裡奮鬥，為許多人爭一點便利和公道，你也無從知道！

到了熱鬧的大街了，你仍然像在特別包廂裡看戲一樣，本身不會，也不必參加那齣戲；倚在欄杆上，你在審美的領略，你有的是一片閒暇。但是如果這裡洋車夫問你在哪裡下來，你會吃一驚，倉促不知所答，生活所最必需的你並不缺乏什麼，你這出來就也是不必需的活動。

偶一抬頭，看到街心和對街鋪子前面那些人，他們都是急急忙忙地，在時間金錢的限制下採辦他們生活所必需的。兩個女人手忙腳亂地在監督著店裡的夥計稱秤。二斤四兩，二斤四兩的什麼東西，且不必去管，反正由那兩個女人認真的神氣上面看去，必是非同小可，性命交關的貨物，如果稱得少一點時，那兩個女人為那點吃虧的份量必定感到重大的痛苦；如果稱得多時，那夥計又知道這年頭那損失在東家方面真不能算小。於是那兩邊的爭持是熱烈的，必需的，大家聲音都高一點；女人臉上呈塊紅色，頭髮披下了一縷，又用手抓上去；夥計則維持著客氣，口裡嚷著：錯不了，錯不了！

熱烈的，必需的，在車馬紛紜的街心裡，忽然由你車邊衝出來兩個人；男的，女的，個個提起兩腳快跑。這又是幹什麼的，你心想，電車正在拐大彎。那兩個原就追著電車，由軌道旁邊擦過去，一邊追著，一邊向電車上賣票的說話。電車是不容易趕的，你在洋車上真不禁替那街心裡奔走趕車的擔心，但是你也知道如果這趟沒趕上，他們就可以在街旁站個半點來鐘，那些寧可望穿秋水不雇洋車的人，也就是因為他們的生活而必需計較和節省到洋車和電車價錢上那相差的數目。

此刻洋車跑得很快，你心裡繼續著疑問你出來的目的，到底採辦一些什麼必需的貨物。眼看著男男女女擠在市場裡面，門首出來一個進去一個，手裡都是持著包裹，裡邊雖然不會全是他們當日所必需的，但是如果當中夾著一盒稍微奢侈的物品，則亦必是他們生活中間閃著亮光的一個愉快！你不是聽見那人說嗎？裡面草帽，一塊八毛五，貴倒貴點，可是「真不賴」！他提一提帽盒向著打招呼的朋友，他摸一摸他那剃得光整的腦袋，微笑充滿了他全個臉。那時那一點迸射著光閃的愉快，當然的歸屬於他享受，沒有一點疑問，因為天知道，這一年中他多少次地克己省儉，使他賺來這一次美滿的，大膽的奢侈！

那點子奢侈在那人身上所發生的喜悅，在你身上卻完全失掉作用，沒有閃一星星亮光的希望！你想，整年整月你所花費的，和你那窗子以外的周圍生活程度一比較，嚴格算來，可不都是非常靡費的用途？每奢侈一次，你心上只有多難過一次，所以車子經過的那些玻璃窗口，只有使你更惶恐，更空洞，更懷疑，前後徬徨不著邊際。並且看了店裡那些形形色色的貨物，除非你真是傻子，難道不曉得它們多半是由哪一國工廠裡製造出來的！奢侈是不能給你愉快的，它只有要加增你的戒懼煩惱。每一尺好看點的紗料，每一件新鮮點的工藝品！

你詛咒著城市生活，不自然的城市生活！檢點行裝說，走了，走了，這沉悶沒有生氣的生活，實在受不了，我要換個樣子過活去。健康的旅行既可以看看山水古剎的名勝，又可以知道點淳樸的人情風俗。走了，走了，天氣還不算太壞，就是走他一個月六禮拜也是值得的。

沒想到不管你走到哪裡，你永遠免不了坐在窗子以內的。不錯，許多時髦的學者常常驕傲地帶上「考察」的神氣，架上科學的眼鏡，偶然走到哪裡一個陌生的地方瞭望，但那無形中的窗子是仍然存在的。不信，你檢查他們的行李，有誰不帶著罐頭食品、帆布床，以及別的證明你還在你窗子以內的種種零星用品，你再摸一摸他們的皮包，那裡短不了有些鈔票；一到一個地方，你有的是一個提梁的小小世界。不管你的窗子朝向哪裡望，所看到的多半則仍是在你窗子以外，隔層玻璃，或是鐵紗！隱隱約約你看到一些顏色，聽到一些聲音，如果你私下滿足了，那也沒有什麼，只是千萬別高興起說什麼接觸了，認識了若干事物人情，天知道那是罪過！洋鬼子們的一些淺薄，千萬學不得。

你是仍然坐在窗子以內的，不是火車的窗子，汽車的窗子，就是客棧逆旅的窗子，再不然就是你自己無形中習慣的窗子，把你擱在裡面。接觸和認識實在談不到，得天獨厚的閒暇生活先不容你。一樣是旅行，如果你背上掮的不是照相機而是一點做買賣的小血本，你就需要全副的精神來走路：你得留神投宿的地方；你得計算一路上每吃一次燒餅和幾顆沙果的錢；遇著同行的戰戰兢兢地打招呼，互相捧出誠意，遇著困難時好互相關照幫忙，到了一個地方你是真帶著整個血肉的身體到處碰運氣，緊張的境遇不容你不奮鬥，不與其他奮鬥的血和肉的接觸，直到經驗使得你認識。

前日公共汽車裡一列辛苦的臉，那些談話，裡面就有很多生活的份量。陝西過來做生意的老頭和那旁坐的一股客氣，是不得已的；由交城下車的客人執著紅粉包紙煙遞到汽車行管事手裡也是有多少理由的，穿棉背心的老太婆默默地挾住一個藍布包袱，一個錢包，是在用盡她的全副本領的，果然到了冀村，她錯過站頭，還虧別個客人替她要求車夫，將汽車退行兩里路，她還不大相信地望著那村站，口裡囉唆著這地方和上次如何兩樣了。開車的一面發牢騷一面爬到車頂替老太婆拿行李，經驗使得他有一種涵養，行旅中少不了有認不得路的老太太，這個道理全世界是一樣的，倫敦警察之所以特別和藹，也是從迷路的老太太孩子們身上得來的。

話說了這許多，你仍然在廊子底下坐著，窗外送來溪流的喧響，蘭花煙氣味早已消失，四個鄉下人這時候當已到了上流「慶和義」磨坊前面。昨天那裡磨坊的夥計很好笑的滿臉掛著麵粉，讓你看著磨坊的構造；坊下的木輪，屋裡旋轉著的石碾，又在高低的院落裡，來回看你所不經見的農具在日影下列著。院中一棵老槐、一叢鮮豔的雜花、一條曲曲折折引水的溝渠，夥計和氣地說閒話。他用著山西口音，告訴你，那裡一年可出五千多包的麵粉，每包的價錢約略兩塊多錢。又說這十幾年來，這一帶因為山水忽然少了，磨坊關閉了多少家，外國人都把那些磨坊租去做他們避暑的別墅。慚愧的你說，你就是住在一個磨坊裡面，他臉上堆起微笑，讓麵粉一星星在日光下映著，說認得認得，原來你所租的磨坊主人，一個外國牧師，待這村子極和氣，鄉下人和他還都有好感情。這真是難得了，並且好感的由來還有實證，就是那一天早上你無意中出去探古尋勝，這裡山明水秀，古剎寺院，動不動就是宋遼的原物，走到山上一個小村的關帝廟裡，看到一個鐵鐸，刻著萬曆年號，原來是萬曆賜這村裡慶成王的後人的，不知怎樣流落到賣古董的手裡。七年前讓這牧師買去，晚上打著玩，嘹亮的鐘聲被村人聽到，急忙趕來打聽，要湊原價買回，情辭懇切。說起這是他們呂姓的祖傳寶物，絕不能讓它流落出境，這牧師於是真個把鐵鐸還了他們，從此便在關帝廟神前供著。

這樣一來你的窗子前面便展開了一張浪漫的圖畫，打動了你的好奇，管它是隔一層或兩層窗子，你也忍不住要打聽點底細，怎麼明慶成王的後人會姓呂！這下子文章便長了。

如果你的祖宗是皇帝的嫡親弟弟，你是不會，也不願，忘掉的。據說慶成王是永樂的弟弟，這趙莊村裡的人都是他的後代。不過就是因為他們記得太清楚了，另一朝的皇帝都有些老大不放心，雍正間詔命他們改姓，由姓朱改為姓呂，但是他們還有用二十字排行的方法，使得他們不會弄錯他們是這一脈子孫。

這樣一來你就有點心跳了，昨天你雇來那打水洗衣服的不也是趙莊村來的，並且還姓呂！果然那土頭土腦圓臉大眼的少年是個皇裔貴族，真是有失尊敬了。那麼這村子一定窮不了，但事實上則不見得。

田畝一片，年年收成也不壞。家家戶戶門口有特種圍牆，像個小小堡壘——當時防匪用的。屋子裡面有大漆衣櫃衣箱，櫃門上白銅擦得亮亮；炕上棉被紅紅綠綠也頗鮮豔。可是據說關帝廟裡已有四年沒有唱戲了，雖然戲臺還高巍巍地對著正殿。村子這幾年窮了，有一位王孫告訴你，唱戲太花錢，尤其是上邊使錢。這裡到底是隔個窗子，你不懂了，一樣年年好收成，為什麼這幾年村子窮了，只模模糊糊聽到什麼軍隊駐了三年多等，更不懂是，村子向上一年辛苦後的娛樂，關帝廟裡唱唱戲，得上面使錢？既然隔個窗子聽不明白，你就通氣點別儘管問了。

隔著一個窗子你還想明白多少事？昨天雇來呂姓倒水，今天又學洋鬼子東逛西逛，跑到下面養著雞羊，上面掛有武魁匾額的人家，讓他們用你不懂得的鄉音招呼你吃菜，炕上坐，坐了半天出到門口，和那送客的女人周旋客氣了一回，才恍然大悟，她就是替你倒髒水洗衣裳的呂姓王孫的媽，前晚上還送餅到你家來過！

這裡你迷糊了。算了算了！你簡直老老實實地坐在你窗子裡得了，窗子以外的事，你看了多少也是枉然，大半你是不明白，也不會明白的。

蛛絲和梅花

真真地就是那麼兩根蛛絲，由門框邊輕輕地牽到一枝梅花上。就是那麼兩根細絲，迎著太陽光發亮……再多了，那還像樣嗎？一個摩登家庭如何能容蛛網在光天白日裡作怪，管它有多美麗，多玄妙，多細緻，夠你對著它聯想到一切自然、造物的神工和不可思議處；這兩根絲本來就該使人臉紅，且在冬天夠多特別！可是亮亮的，細細的，倒有點像銀，也有點像玻璃制的細絲，委實不算討厭，尤其是它們那麼瀟脫風雅，偏偏那樣有意無意地斜著搭在梅花的枝梢上。

你向著那絲看，冬天的太陽照滿了屋內，窗明幾淨，每朵含苞的，開透的，半開的梅花在那裡挺秀吐香，情緒不禁迷茫縹緲地充溢心胸，在那剎那的時間中振盪。和蛛絲一樣的細弱和不必需，想法開始拋引出去：由過去牽到將來，意識的，非意識的，由門框梅花牽出宇宙，浮雲滄波蹤跡不定。是人性，藝術，還是哲學，你也無暇計較，你不能制止你情緒的充溢，思想的馳騁，蛛絲梅花竟然是瞬息可以千里！

好比你是蜘蛛，你的周圍也有你自織的蛛網，細緻地牽引著天地，不怕多少次風雨來吹斷它，你不會停止了這生命上基本的活動。此刻「……一枝斜好，幽香不知甚處……」拿梅花來說吧，一串串丹紅的結蕊綴在秀勁的傲骨上，最可愛，最可賞，等半綻將開地錯落在老枝上時，你便會心跳！梅花最怕開；開了便沒話說。索性殘了，沁香拂散和夜裡爐火都能成了一種溫存的淒清。

記起了，也就是說到梅花，玉蘭。初是有個朋友說起初戀時玉蘭剛開完，天氣每天的暖，住在湖旁，每夜跑到湖邊林子裡走路，又靜坐幽僻石上看隔岸燈火，感到好像僅有如此虔誠地孤對一片泓碧寒星遠市，才能把心裡情緒抓緊了，放在最可靠最純淨的一撮思想裡，始不至褻瀆了或是驚著那「寤寐思服」的人兒。那是極年輕的男子初戀的情景，——對象渺茫高遠，反而近求「自我的」鬱結深淺——他問起少女的情緒。

就在這裡，忽記起梅花。一枝兩枝，老枝細枝，橫著，虬著，描著影子，噴著細香；太陽淡淡金色地鋪在地板上；四壁琳瑯，書架上的書和書籤都像在發出言語；牆上小對聯記不得是誰的集句；中條是東坡的詩。你斂住氣，簡直不敢喘息，踮起腳，細小的身形嵌在書房中間，看殘照當窗，花影搖曳，你像失落了什麼，有點迷惘。又像「怪東風著意相尋」，有點兒沒主意！浪漫，極端的浪漫。「飛花滿地誰為掃？」你問，情緒風似的吹動，捲過，停留在惜花上面。再回頭看看，花依舊嫣然不語。「如此娉婷，誰人解看花意，」你更沉默，幾乎熱情地感到花的寂寞，開始憐花，把同情通通詩意地交給了花心！

這不是初戀，是未戀，正自覺「解看花意」的時代。情緒的不同，不只是男子和女子有分別，東方和西方也甚有差異。情緒即使根本相同，情緒的象徵，情緒所寄託，所棲止的事物卻常常不同。水和星子和西方情緒的聯繫，早就成了習慣。一顆星子在藍天裡閃，一流冷澗傾瀉一片幽愁的平靜，便激起他們詩情的波湧，心裡甜蜜地，熱情地便唱著由那些鵝羽的筆鋒散下來的「她的眼如同星子在暮天裡閃」，或是「明麗如同單獨的那顆星，照著晚來的天」，或「多少次了，在一流碧水旁邊，憂愁倚下她低垂的臉」。惜花，解花太東方，親暱自然，含著人性的細緻是東方傳統的情緒。

此外年齡還有尺寸，一樣是愁，卻躍躍似喜，十六歲時的，微風零亂，不頹廢，不空虛，踮著理想的腳充滿希望，東方和西方卻一樣。人老了脈脈煙雨，愁吟或牢騷多折損詩的活潑。大家如香山，稼軒，東坡，放翁的白髮華發，很少不梗在詩裡，至少是令人不快。話說遠了，剛說是惜花，東方老少都免不了這嗜好，這倒不論老的雪鬢曳杖，深閨裡也就攢眉千度。

最叫人惜的花是海棠一類的「春紅」，那樣嬌嫩明豔，開過了殘紅滿地，太招惹同情和傷感。但在西方即使也有我們同樣的花，也還缺乏我們的廊廡庭院。有了「庭院深深深幾許」才有一種庭院裡特有的情緒。如果李易安的「斜風細雨」底下不是「重門須閉」也就不「蕭條」得那樣深沉可愛；李後主的「終日誰來」也一樣的別有寂寞滋味。看花更須庭院，深深鎖在裡面認識，不時還得有軒窗欄杆，給你一點憑藉，雖然也用不著十二欄杆倚遍，那麼慵弱無聊。

當然舊詩裡傷愁太多；一首詩竟像一張美的證券，可以照著市價去兌現！所以庭花，亂紅，黃昏，寂寞太濫，詩常失卻誠實。西洋詩，戀愛總站在前頭，或是「忘掉」，或是「記起」，月是為愛，花也是為愛，只使全是真情，也未嘗不太膩味。就以兩邊好的來講。拿他們的月光跟我們的月色比，似乎是月色滋味深長得多。花更不用說了；我們的花「不是預備採下綴成花球，或花冠獻給戀人的」，卻是一樹一樹綽約的，個性的，自己立在情人的地位上接受戀歌的。所以未戀時的對象最自然的是花，不是因為花而起的感慨，——十六歲時無所謂感慨，——僅是剛說過的自覺解花的情緒，寄託在那清麗無語的上邊，你心折它絕韻孤高，你為花動了感情，實說你同花戀愛，也未嘗不可，——那驚訝狂喜也不減於初戀。還有那凝望，那沉思……

一根蛛絲！記憶也如同一根蛛絲，搭在梅花上就由梅花枝上牽引出去，雖未織成密網，這詩意的前後，也就是相隔十幾年的情緒的聯絡。

午後的陽光仍然斜照，庭院闃然，離離疏影，房裡窗櫺和梅花依然伴和成為圖案，兩根蛛絲在冬天還可以算為奇蹟，你望著它看，真有點像銀，也有點像玻璃，偏偏那麼斜掛在梅花的枝梢上。

彼此

朋友又見面了，點點頭笑笑，彼此曉得這一年不比往年，彼此是同增了許多經驗。個別地說，這時間中每一人的經歷雖都有特殊的形式，含著特殊的滋味，需要個別的情緒來分析來描述。

綜合地說，這許多經驗卻是一整片彷彿同式同色，同大小，同份量的迷惘。你觸著那一角，我碰上這一頭，歸根還是那一片迷惘籠罩著彼此。七月！——這兩字就如同史歌的開頭那麼有勁——八月，九月帶來了那狂風，後來，後來過了年，——那無法忘記的除夕！——又是那一月，二月，三月，到了七月，再接再厲的又到了年夜。現在又是一月二月在開始……誰記得最清楚，這串日子是怎樣地延續下來，生活如何的變？想來彼此都不會記得過分清晰，一切都似乎在迷離中旋轉，但誰又會忘掉那麼切膚的重重憂患的網膜？

經過炮火或流浪的洗禮，變換又變換的日月，難道彼此臉上沒有一點記載這經驗的痕跡？但是當整一片國土縱橫著創痕，大家都是「離散而相失……去故鄉而就遠」，自然「心嬋媛而傷懷兮，眇不知其所蹠」，臉上所刻那幾道並不使彼此驚訝，所以還只是笑笑好。口角邊常添幾道酸甜的紋路，可以幫助彼此咀嚼生活。何不默認這一點：在迷惘中人最應該有笑，這種的笑，雖然是斂住神經，斂住肌肉，僅是毅力的後背，它卻是必需的，如同保護色對於許多生物，是必需的一樣。

那一晚在××江心，某一來船的甲板上，熱臭的人叢中，他記起他那時的困頓饑渴和狼狽，旋繞他頭上的卻是那真實倒如同幻象，幻象又成了真實的狂敵殺人的工具，敏捷而近代型的飛機：美麗得像魚像鳥……這裡黯然的一掬笑是必需的，因為同樣的另外一個人懂得那原始的驟然喚起純筋肉反射作用的恐怖。他也正在想那時他在××車站臺上露宿，天上有月，左右有人，零落如同被風雨摧落後的落葉，瑟縮地蜷伏著，他們心裡都在回味那一天他們所初次嘗到的敵機的轟炸！談話就可以這樣無限制地延長，因為現在都這樣的記憶，——比這樣更辛辣苦楚的——在各人心裡真是太多了！隨便提起一個地名大家所熟悉的都會或商埠，隨著全會湧起怎樣的一個最後印象！

再說初入一個陌生城市的一天，——這經驗現在又多普遍——尤其是在夜間，這裡就把個別的情形和感觸除外，在大家心底曾留下的還不是一劑彼此都熟識的清涼散？苦裡帶澀，那滋味侵入脾胃時，小小的冷噤會輕輕在背脊上爬過，用不著絲毫銳性的感傷！也許他可以說他在那夜進入某某城內時，看到一列小店門前淒惶的燈，黃黃的發出奇異的暈光，使他嗓子裡如梗著刺，感到一種髮緊的觸覺。你所記得的卻是某一號車站後面黯白的煤氣燈射到陌生的街心裡，使你心裡好像失落了什麼。

那陌生的城市，在地圖上指出時，你所經過的同他所經過的也可以有極大的距離，你同他當時的情形也可以完全的不相同。但是在這裡，個別的異同似乎非常之不相干；相干的僅是你我會彼此點頭，彼此會意，於是也會彼此地笑笑。

七月在盧溝橋與敵人開火以後，縱橫中國土地上的腳印密密地銜接起來，更加增了中國地域廣漠的證據。每個人參加過這廣漠地面上流轉的大韻律的，對於塵土和血，兩件在尋常不多為人所理會的，極尋常的天然素質，現在每人在他個別的角上，對它們都發生了莫大親切的認識。每一寸土，每一滴血，這種話，已是可接觸，可把持的十分真實的事物，不僅是一句話一個「概念」而已。

在前線的前線，興奮和疲勞已摻拌著塵土和血另成一種生活的形體魂魄。睡與醒中間，饑與食中間，生和死中間，距離短得幾乎不存在！生活只是一股力，死亡一片沉默的恨，事情簡單得無可再簡單。尚在生存著的，繼續著是力，死去的也繼續著堆積成更大的恨。恨又生力，力又變恨，惘惘地卻勇敢地循環著，其他一切則全是懸在這兩者中間悲壯熱烈地穿插。

在後方，事情卻沒有如此簡單，生活仍然緩弛地伸縮著；食宿生死間距離恰像黃昏長影，長長的，盡向前引伸，像要撲入夜色，同夜融成一片模糊。在日夜廣泛的循環裡於是穿插反更多了，真是天地無窮，人生長勤。生之穿插零亂而瑣屑，完全無特殊的色澤或輪廓，更不必說英雄氣息壯烈成分。斑斑點點僅像小血鏽凝在生活上，在你最不經意中烙印生活。如果你有志不讓生活在小處窳敗，逐漸減損，由銳而鈍，由張而弛，你就得更感謝那許多極平常而瑣碎的摩擦，無日無夜地通過你的神經，肌肉或意識。這種時候，嘆息是懸起了，因一切雖然細小，卻絕非從前所熟識的感傷。每件經驗都有它粗壯的真實，沒有嘆息的餘地。口邊那酸甜的紋路是實際哀樂所刻畫而成，是一種堅忍韌性的笑。因為生活既不是簡單的火焰時，它本身是很沉重，需要韌性地支持，需要產生這韌性支持的力量。

現在後方的問題，是這種力量的泉源在哪裡？絕不憑著平日均衡的理智，——那是不夠的，天知道！尤其是在這時候，情感就在皮膚底下「踴躍其若湯」，似乎它所需要的是超理智的衝動！現在後方被緩的生活，緊的情感，兩面摩擦得愁鬱無快，居戚戚而不可解，每個人都可以苦惱而又熱情地唱「終長夜之曼曼兮，掩此哀而不去，」或「寧溘死而流亡兮，不忍為此之常愁！」支持這日子的主力在哪裡呢？你我生死，就不檢討它的意義以自大。也還需要一點結實的憑藉才好。

我認得有個人，很尋常地過著國難日子的尋常人，寫信給他朋友說，他的嗓子雖然總是那麼乾啞，他卻要啞著嗓子私下告訴他的朋友：他感到無論如何在這時候，他為這可愛的老國家帶著血活著，或流著血或不流著血死去，他都覺到榮耀，異乎尋常的，他現在對於生與死都必然感到滿足。這話或許可以在許多心弦上叩起迴響，我常思索這簡單樸實的情感是從哪裡來的。信念？像一道泉流通過意識，我開始明瞭理智和熱血的衝動以外，還有個純真的力量的出處。信心產生力量，又可儲蓄力量。

信仰坐在我們中間多少時候了，你我可曾覺察到？信仰所給予我們的力量不也正是那堅忍韌性的倔強？我們都相信，我們只要都為它忠貞地活著或死去，我們的大國家自會永遠地向前邁進，由一個時代到又一個時代。我們在這生是如此艱難，死是這樣容易的時候，彼此仍會微笑點頭的緣故也就在這裡吧？現在生活既這樣的彼此患難同味，這信心自是，我們此時最主要的聯繫，不信你問他為什麼仍這樣硬朗地活著，他的回答自然也是你的回答，如果他也問你。

信仰坐在我們中間多少時候了？那理智熱情都不能代替的信心！思索時許多事，在思流的過程中，總是那麼晦澀，明瞭時自己都好笑所想到的是那麼簡單明顯的事實！此時我拭下額汗，差不多可以意識到自己口邊的紋路，我尊重著那酸甜的笑，因為我明白起來，它是力量。

話不用再說了，現在一切都是這麼彼此，這麼共同，個別的情緒這麼不相干。當前的艱苦不是個別的，而是普遍的，充滿整一個民族，整一個時代！我們今天所叫做生活的，過後它便是歷史。客觀的無疑我們彼此所熟識的艱苦正在展開一個大時代。所以別忽略了我們現在彼此地點點頭。且最好讓我們共同酸甜的笑紋，有力地，堅韌地，橫過歷史。

唯其是脆嫩

活在這非常富於刺激性的年頭裡，我敢喘一口氣說，我相信一定有多數人成天裡為觀察聽聞到的，牽動了神經，從跳動而有血裹著的心底下累積起各種的情感，直衝出嗓子，逼成了語言到舌頭上來。這自然豐富的累積，有時更會傾溢出少數人的唇舌，再奔迸到筆尖上，另具形式變成在白紙上馳騁的文字。這種文字便全是我們這個時代的出產，大家該千萬珍視它！

現在，無論在哪裡，假如有一個或多種的機會，我們能把許多這種自然觸發出來的文字，交出給同時代的大眾見面，因而或能激動起更多方面，更複雜的情感，和由這情感而形成更多方式的文字；一直造成了一大片豐富而且有力的創作的田壤、森林、江山……產生結結實實的我們這個時代特有的表情和文章；我們該不該誠懇地注意到這機會或能造出的事業，各人將各人的一點點心血獻出來嘗試？

假使，這裡又有了機會聯聚起許多人，為要介紹許多方面的文字，更進而研討文章的質的方面；或指出以往文章的歷程，或講究到各種文章上比較的問題，進而無形地講究到程度和標準等問題，我又敢相信，在這種景況下定會發生更嚴重鼓勵寫作的主動力。使創作界增加問題，或許。唯其是增加了問題，才助益到創造界的活潑和健康。文藝絕不是蓬勃叢生的野草。

我們可否直爽地承認一樁事？創作的鼓動時常要靠著刊物把它的成績布散出去吹風，晒太陽，和時代的讀者把晤的。被風吹冷了，太陽晒萎了，固常有的事。被讀者所歡迎，所冷淡，或誤會，或同情，歸根應該都是激動創造力的藥劑！至於，一來就高舉趾，二來就氣餒的作者，每個時代都免不了有他們起落蹤跡。這個與創作界主體的展動只成枝節問題。哪一個創作興旺的時代缺得了介紹散布作品的刊物，和那能同情，或不了解的讀眾？

創作品是不能不與時代見面的，雖然作者的名姓，則並不一定。偉大作品沒有和本時代見面，而被他時代發現珍視的固然有，但也只是偶然例外的事。希臘悲劇是在幾萬人前面唱演的，莎士比亞的戲更是街頭巷尾的粗人都看得到的。到有刊物時代的歐洲，更不用說，一首詩文出來人人爭買著看，就是中國在印刷艱難的時候，也是什麼「傳誦一時」；什麼「人手一抄」……

創作的主力固在心底，但逼迫著這只有時間性的情緒語言而留它在空間裡的，卻常是刊物這一類的鼓勵和努力所促成。

現走遍人間是能刺激起創作的主力。尤其在中國，這種日子，那一副眼睛看到了些什麼，舌頭底下不立刻緊急地想說話，乃至於歌泣！如果創作界仍然有點消沉寂寞的話——努力的少，嘗試的稀罕——那或是有別的緣故而使然。我們問：能鼓勵創作界的活躍性的是些什麼？刊物是否可以救濟這消沉的？努力過刊物的誕生的人們，一定知道刊物又時常會因為別的複雜原因而夭折的。它常是極脆嫩的孩兒……那麼有創作衝動的筆鋒，努力於刊物的手臂，此刻何不聯在一起，再來一次合作逼著創造界又挺出一個新鮮的萌芽！管它將來能不能成田壤，成森林，成江山，一個萌芽是一個萌芽。脆嫩？唯其是脆嫩，我們大家才更要來愛護它。

這時代是我們特有的，結果我們單有情感而沒有表現這情緒的藝術，眼看著後代人笑我們是黑暗時代的啞子，沒有藝術，沒有文章，乃至於懷疑到我們有沒有情感！

回頭再看到祖宗傳流下那神氣的衣鉢，怎不覺得慚愧！說世亂，杜老頭子過的是什麼日子！辛稼軒當日的憤慨當使我們同情！……何必訴，訴不完。難道現在我們這時代沒有形形色色的人物，喜劇悲劇般的人生作題？難道我們現時沒有美麗，沒有風雅，沒有醜陋，恐慌，沒有感慨，沒有希望？！難道連經這些天災戰禍，我們都不會描述，身受這許多刺骨的辱痛，我們都不會憤慨高歌迸出一縷滾沸的血流？！

難道我們真麻木了不成？難道我們這時代的語辭真貧窮得不能達意？難道我們這時代真沒有學問真沒有文章？！朋友們努力挺出一根活的萌芽來，記著這個時代是我們的。

一片陽光

放了假，春初的日子鬆弛下來。將午未午時候的陽光，橙黃的一片，由窗簾橫浸到室內，晶瑩地四處射。我有點發愣，習慣地在沉寂中驚訝我的周圍。我望著太陽那湛明的體質，像要辨別它那交織絢爛的色澤，追逐它那不著痕跡的流動。看它潔淨地映到書桌上時，我感到桌面上平鋪著一種恬靜，一種精神上的豪興，情趣上的閒逸；即或所謂「窗明幾淨」，那裡默守著神祕的期待，漾開詩的氣氛。那種靜，在靜裡似可聽到那一處琤琮的泉流，和著彷彿是斷續的琴聲，低訴著一個幽獨者自娛的音調。看到這和一片陽光射到地上時，我感到地面上花影浮動，暗香吹拂左右，人隨著晌午的光靄花氣在變幻，那種動，柔諧婉轉有如無聲音樂，令人悠然輕快，不自覺地脫落傷愁。至多，在舒揚理智的客觀裡使我偶一回頭，看看過去幼年記憶步履所留的殘跡，有點兒惋惜時間；微微怪時間不能保存情緒，保存那一切情緒所曾流連的境界。

倚在軟椅上不但奢侈，也許更是一種過失，有閒的過失。但東坡的辯護「懶者常似靜，靜豈懶者徒」，不是沒有道理。如果此刻不倚榻上而「靜」，則方才情緒所兜的小小圈子便無條件地失落了去！人家就不可惜它，自己卻實在不能不感到這種親密的損失的可哀。

就說它是情緒上的小小旅行吧，不走並無不可，不過走走未始不是更好。歸根說，我們活在這世上到底最珍惜一些什麼？果真珍惜萬物之靈的人的活動所產生的種種，所謂人類文化？這人類文化到底又靠一些什麼？我們懷疑或許就是人身上那一撮精神和身體的感覺，生理心理所共起的情感，所激發出的一串行為，所聚斂的一點智慧，——那麼一點點人之所以為人的表現。宇宙萬物客觀的本無所可珍惜，反映在人性上的山川草木禽獸才開始有了秀麗，有了氣質，有了靈犀。反映在人性上的人自己更不用說。沒有人的感覺，人的情感，即便有自然，也就沒有自然的美，質或神方面更無所謂人的智慧，人的創造，人的一切生活藝術的表現！這樣說來，誰該鄙棄自己感覺上的小小旅行？為壯壯自己膽子，我們更該相信唯其人類有這類情緒的馳騁，實際的世間才賡續著產生我們精神所寄託的文物精粹。

此刻我竟可以微微一咳嗽，乃至於用播音的圓潤口調說：我們既然無疑的珍惜文化，即尊重盤古到今種種的藝術——無論是抽象的思想的藝術，或是具體的駕馭天然材料另創的非天然形象，——則對於藝術所由來的淵源，那點點人的感覺，人的情感智慧（通稱人的情緒），又當如何的珍惜才算合理？

但是情緒的馳騁，顯然不是詩或畫或任何其他藝術建造的完成。這馳騁此刻雖占了自己生活的若干時間，卻並不在空間裡占任何一個小小位置！這個情形自己需完全明瞭。此刻它僅是一種無蹤跡的流動，並無棲身的形體。它或含有各種或可捉摸的素質，但是好奇地探討這個素質而具體要表現它的差事，無論其有無意義，除卻本人外，別人是無能為力的。我此刻為著一片清婉可喜的陽光，分明自己在對內心交流變化的各種聯想發生一種興趣的注意，換句話說，這好奇與興趣的注意已是我此刻生活的活動。一種力量又迫著我來掌握住這個活動，而設法表現它，這不易抑制的衝動，或即所謂藝術衝動也未可知！只記得冷靜的杜工部散散步，看看花，也不免會有「江上被花惱不徹，無處告訴只顛狂」的情緒上一片紊亂！玲瓏煦暖的陽光照人面前，那美的感人力量就不減於花，不容我生硬地自己把情緒分劃為有閒與實際的兩種，而權其輕重，然後再決定取捨的。我也只有情緒上的一片紊亂。

情緒的旅行本偶然的事，今天一開頭並為著這片春初晌午的陽光，現在也還是為著它。房間內有兩種豪侈的光常叫我的心緒緊張如同花開，趁著感覺的微風，深淺零亂於冷智的枝葉中間。一種是燭光，高高的臺座，長垂的燭淚，熊熊紅焰當簾幕四下時各處光影掩映。那種閃爍明豔，雅有古意，明明是畫中景象，卻含有更多詩的成分。另一種便是這初春晌午的陽光，到時候有意無意的大電影灑落滿室，那些窗簾、欄板、几案、筆硯浴在光靄中，一時全成了靜物圖案；再有紅蕊細枝點綴幾處，室內更是輕香浮溢，叫人俯仰全觸到一種靈性。

這種說法怕有點會發生誤會，我並不說這片陽光射入室內，需要筆硯花香那些儒雅的托襯才能動人，我的意思倒是：室內頂尋常的一些供設，只要一片陽光這樣又悠閒又灑脫地落在上面，一切都會帶上另一種動人的氣息。

這裡要說到我最初認識的一片陽光。那年我六歲，記得是剛剛出了水珠以後——水珠即尋常水痘，不過我家鄉的話叫它做水珠。當時我很喜歡那美麗的名字，忘卻它是一種病，因而也覺到一種神祕的驕傲。只要人過我窗口問問出「水珠」嗎？我就感到一種榮耀。那個感覺至今還印在腦子裡。也為這個緣故，我還記得病中奢侈的愉悅心境。雖然和其他多次的害病一樣，那次我仍然是孤獨的被囚禁在一間房屋裡休養的。那是我們老宅子裡最後的一間房子；白粉牆圍著小小院子，北面一排三間，當中夾著一個開敞的廳堂。我病在東頭娘的臥室裡。西頭是嬸嬸的住房。娘和嬸永遠要在祖母的前院裡行使她們女人們的職務的，於是我常是這三間房屋唯一留守的主人。在那三間屋子裡病著，那經驗是難堪的。時間過得特別慢，尤其是在日中毫無睡意的時候。起初，我僅集注我的聽覺在各種似腳步又不似腳步的上面。猜想著，等候著，希望著人來。間或聽聽隔牆各種瑣碎的聲音，由牆基底下傳達出來又消斂了去。過一會兒，我就不耐煩了——不記得是怎樣的，我就躡著腳，挨著木床走到房門邊。房門向著廳堂斜斜地開著一扇，我便扶著門框好奇地向外探望。

那時大概剛是午後兩點鐘光景，一張剛開過飯的八仙桌，異常寂寞地立在當中。桌下一片由廳口處射進來的陽光，泄泄融融地倒在那裡。一個絕對悄寂的周圍伴著這一片無聲的金色的晶瑩，不知為什麼，忽使我六歲孩子的心裡起了一次極不平常的振盪。

那裡並沒有几案花香，美術的布置，只是一張極尋常的八仙桌。如果我的記憶沒有錯，那上面在不多時間以前，是剛陳列過鹹魚、醬菜一類極尋常儉樸的午餐的。小孩子的心卻呆了。或許兩隻眼睛倒張大一點，四處地望，似乎在尋覓一個問題的答案。為什麼那片陽光美得那樣動人？我記得我爬到房內窗前的桌子上坐著，有意無意地望望窗外，院裡粉牆疏影和室內那片金色和煦絕然不同趣味。順便我翻開手邊娘梳妝用的舊式鏡箱，又上下搖動那小排狀抽屜，和那刻成花籃形小銅墜子，不時聽雀躍過枝清脆的鳥語。心裡卻仍為那片陽光隱著一片模糊的疑問。

時間經過二十多年，直到今天，又是這樣一泄陽光，一片不可捉摸，不可思議流動的而又恬靜的瑰寶，我才明白我那問題是永遠沒有答案的。事實上僅是如此：一張孤獨的桌，一角寂寞的廳堂，一只靈巧的鏡箱，或窗外斷續的鳥語，和水珠——那美麗小孩子的病名——便湊巧永遠和初春靜沉的陽光成了我回憶中極自然的聯想。

山西通信

××：

居然到了山西，天是透明的藍，白雲更流動得使人可以忘記很多的事，單單在一點什麼感情底下，打滴溜轉；更不用說到那山山水水、小堡壘、村落，反映著夕陽的一角廟，一座塔！景物是美得到處使人心慌心痛。

我是沒有出過門的，沒有動身之前不容易動，走出來之後卻就不知道如何流落才好。旬日來眼看去的都是圖畫，日子都是可以歌唱的古事。黑夜裡在山場裡看河南來到山西的匠人，圍住一個大紅爐子打鐵，火花和鏗鏘的聲響，散到四團黑影裡去。微月中步行尋到田壟廢廟，劃一根「取燈」偷偷照看那瞭望觀音的臉，一片平靜。幾百年來，沒有動過感情的，在那一閃光底下，倒像掛上一縷笑意。

我們因為探訪古蹟走了許多路；在種種情形之下感慨於古今興廢。在草叢裡讀碑碣，在磚堆中間偶然碰到菩薩的一雙手、一個微笑，都是可以激動起一些不平常的感覺來的。鄉村的各種浪漫的位置，秀麗天真；中間人物維持著老老實實的鮮豔顏色，老的扶著拐杖，小的赤著胸背，沿路上點綴的，儘是他們明亮的眼睛和笑臉。由北平城裡來的我們，東看看，西走走，夕陽背在背上，真和掉在另一個世界裡一樣！雲塊，天，和我們之間似乎失掉了一切障礙。我樂時就高興地笑，笑聲一直散到對河對山，說不定哪一個林子，哪一個村落裡去！我感覺到一種平坦，竟許是遼闊，和地面恰恰平行著舒展開來，感覺的最邊沿的邊沿，和大地的邊沿，永遠賽著向前伸……

我不會說，說起來也只是一片瘋話人家不耐煩聽。以我描寫一些實際情形我又不大會，總而言之，遠地裡，一片田畝有人在工作，上面青的，黃的，紫的，分行的長著；每一處山坡上，有人在走路、放羊，迎著陽光，背著陽光，投射著轉動的光影；每一個小城，前面站著城樓，旁邊睡著小廟，那裡又托出一座石塔，神和人，都服帖的，滿足的，守著他們那一角天地，近地裡，則更有的是熱鬧，一條街裡站滿了人，孩子頭上梳著三個小辮子的，四個小辮子的，乃至於五六個小辮子的，衣服簡單到只剩一個紅兜肚，上面隱約也繡有她嬤嬤挑的兩三朵花！

娘娘廟前面樹蔭底下，你又能阻止誰來看熱鬧？教書先生出來了，軍隊裡兵卒拉著馬過來了，幾個女人嬌羞地手拉著手，也扭著來站在一邊了，小孩子爭著擠，看我們照相，拉皮尺量平面，教書先生幫忙我們拓碑文。說起來這個那個廟，都是年代可多了，什麼時候蓋的，誰也說不清了！說話之人來得太多，我們工作實在發生困難了，可是我們大家都挺高興的，小孩子一邊抱著飯碗吃飯，一邊睜著大眼看，一點子也不鬆懈。

我們走時總是一村子的人來送的，兒媳婦指著說給老婆婆聽，小孩們跑著還要跟上一段路。開柵鎮，小相村，大相村，哪一處不是一樣的熱鬧，看到北齊天保三年造像碑，我們不小心地，漏出一個驚異的叫喊，他們鄉里彎著背的，老點兒的人，就也露出一個得意的微笑，知道他們村裡的寶貝，居然嚇著這古怪的來客了。「年代多了吧？」他們驕傲地問。「多了多了。」我們高興地回答，「差不多一千四百年了。」「呀，一千四百年！」我們便一齊驕傲起來。

我們看看這裡金元重修的，那裡明季重修的殿宇，討論那式樣做法的特異處，塑像神氣，手續，天就漸漸黑下來，嘴裡覺到渴，肚裡覺到餓，才記起一天的日子圓圓整整的就快結束了。回來躺在床上綺麗鮮明的印象仍然掛在眼睛前邊，引導著種種適意的夢，同時晚飯上所吃的菜蔬果子，便給養充實著，我們明天的精力，直到一大顆太陽，紅紅的照在我們的臉上。

悼志摩

十一月十九日我們的好朋友，許多人都愛戴的新詩人，徐志摩突兀的，不可信的，殘酷的，在飛機上遇險而死去。這消息在二十日的早上像一根針炙猛觸到許多朋友的心上，頓使那一早的天墨一般地昏黑，哀慟的哽咽鎖住每一個人的嗓子。

志摩……死……誰曾將這兩個句子聯在一處想過！他是那樣活潑的一個人，那樣剛剛站在壯年的頂峰上的一個人。朋友們常常驚訝他的活動，他那像小孩般的精神和認真，誰又會想到他死？

突然地，他闖出我們這共同的世界，沉入永遠的靜寂，不給我們一點預告，一點準備，或是一個最後希望的餘地。這種幾乎近於忍心的決絕，那一天不知震麻了多少朋友的心？現在那不能否認的事實，仍然無情地擋住我們前面。任憑我們多苦楚地哀悼他的慘死，多迫切地希冀能夠仍然接觸到他原來的音容，事實是不會為體貼我們這悲念而有些須更改；而他也再不會為不忍我們這傷悼而有些須活動的可能！這難堪的永遠靜寂和消沉便是死的最殘酷處。

我們不迷信地，沒有宗教地望著這死的帷幕，更是絲毫沒有把握。張開口我們不會呼籲，閉上眼不會入夢，徘徊在理智和情感的邊沿，我們不能預期後會，對這死，我們只是永遠發愣，吞嚥枯澀的淚，待時間來剝削著哀慟的尖銳，痂結我們每次悲悼的創傷。那一天下午初得到消息的許多朋友不是全跑到胡適之先生家裡嗎？但是除卻拭淚相對，默然圍坐外，誰也沒有主意，誰也不知有什麼話說，對這死！

誰也沒有主意，誰也沒有話說！事實不容我們安插任何的希望，情感不容我們傷悼這突兀的不幸，理智又不容我們有超自然的幻想！默然相對，默然圍坐……而志摩則仍是死去沒有回頭，沒有音訊，永遠地不會回頭，永遠地不會再有音訊。

我們中間沒有絕對信命運之說的，但是對著這不測的人生，誰不感到驚異，對著那許多事實的痕跡又如何不感到人力的脆弱，智慧的有限。世事盡有定數？世事儘是偶然？對這永遠的疑問我們什麼時候能有完全的把握？

在我們前邊展開的只是一堆堅質的事實：

「是的，他十九晨有電報來給我……」

「十九早晨，是的！說下午三點準到南苑，派車接……」

「電報是九時從南京飛機場發出的……」

「剛是他開始飛行以後所發……」

「派車接去了，等到四點半……說飛機沒有到……」

「沒有到……航空公司說濟南有霧……很大……」只是一個鐘頭的差別；下午三時到南苑，濟南有霧！誰相信就是這一個鐘頭中便可以有這麼不同事實的發生，志摩，我的朋友！

他離平的前一晚我仍見到，那時候他還不知道他次晨南旅的，飛機改期過三次，他曾說如果再改下去，他便不走了的。我和他由一個茶會出來，在總布胡同口分手。在這茶會裡我們請的是為太平洋會議來的一個柏雷博士，因為他是志摩生平最愛慕的女作家曼殊斐兒的姊丈，志摩十分地殷勤；希望可以再從柏雷口中得些關於曼殊斐兒早年的影子，只因限於時間，我們茶後匆匆地便散了。晚上我有約會出去了，回來時很晚，聽差說他又來過，適遇我們夫婦剛走，他自己坐了一會兒，喝了一壺茶，在桌上寫了些字便走了。我到桌上一看——

「定明早六時飛行，此去存亡不卜……」我愣住了，心中一陣不痛快，卻忙給他一個電話。

「你放心。」他說，「很穩當的，我還要留著生命看更偉大的事跡呢，哪能便死？……」

話雖是這樣說，他卻是已經死了整兩週了！

現在這事實一天比一天更結實，更固定，更不容否認。志摩是死了，這個簡單殘酷的實際早又添上時間的色彩，一週，兩週，一直地增長下去……

我不該在這裡語無倫次地儘管呻吟我們做朋友的悲哀情緒。歸根說，讀者抱著我們文字看，也就是像志摩的請柏雷一樣，要從我們口裡再聽到關於志摩的一些事。這個我明白，只怕我不能使你們滿意，因為關於他的事，動聽的，使青年人知道這裡有個不可多得的人格存在的，實在太多，絕不是幾千字可以表達得完。誰也得承認像他這樣的一個人世間便不輕易有幾個的，無論在中國或是外國。

我認得他，今年整十年，那時候他在倫敦經濟學院，尚未去康橋。我初次遇到他，也就是他初次認識到影響他遷學的狄更生先生。不用說他和我父親最談得來，雖然他們年歲上差別不算少，一見面之後便互相引為知己。他到康橋之後由狄更生介紹進了皇家學院，當時和他同學的有我姊丈溫君源寧。一直到最近兩個月中源寧還常在說他當時的許多笑話，雖然說是笑話，那也是他對志摩最早的一個驚異的印象。志摩認真的詩情，絕不含有絲毫矯偽，他那種痴，那種孩子似的天真實能令人驚訝。源寧說，有一天他在校舍裡讀書，外邊下了傾盆大雨——唯是英國那樣的島國才有的狂雨——忽然他聽到有人猛敲他的房門，外邊跳進一個被雨水淋得全溼的客人。不用說他便是志摩，一進門一把扯著源寧向外跑，說快來我們到橋上去等著。這一來把源寧愣住了，他問志摩等什麼在這大雨裡。志摩睜大了眼睛，孩子似的高興地說「看雨後的虹去」。源寧不止說他不去，並且勸志摩趁早將溼透的衣服換下，再穿上雨衣出去，英國的溼氣豈是兒戲，志摩不等他說完，一溜煙地自己跑了！

以後我好奇地曾問過志摩這故事的真確，他笑著點頭承認這全段故事的真實。我問：那麼下文呢，你立在橋上等了多久，並且看到虹了沒有？他說記不清但是他居然看到了虹。我詫異地打斷他對那虹的描寫，問他：怎麼他便知道，準會有虹的。他得意地笑答我說：「完全詩意的信仰！」

「完全詩意的信仰」，我可要在這裡哭了！也就是為這「詩意的信仰」他硬要借航空的方便達到他「想飛」的夙願！「飛機是很穩當的，」他說，「如果要出事那是我的運命！」他真對運命這樣完全詩意的信仰！

志摩我的朋友，死本來也不過是一個新的旅程，我們沒有到過的，不免過分地懷疑，死不定就比這生苦，「我們不能輕易斷定那一邊沒有陽光與人情的溫慰」，但是我前邊說過最難堪的是這永遠的靜寂。我們生在這沒有宗教的時代，對這死實在太沒有把握了。這以後許多思念你的日子，怕要全是昏暗的苦楚，不會有一點點光明，除非我也有你那美麗的詩意的信仰！

我個人的悲緒不竟又來擾亂我對他生前許多清晰的回憶，朋友們原諒。

詩人的志摩用不著我來多說，他那許多詩文便是估價他的天平。我們新詩的歷史才是這樣的短，恐怕他的判斷人尚在我們兒孫輩的中間。我要談的是詩人之外的志摩。人家說志摩的為人只是不經意的浪漫，志摩的詩全是抒情詩，這斷語從不認識他的人聽來可以說很公平，從他朋友們看來實在是對不起他。志摩是個很古怪的人，浪漫固然，但他人格裡最精華的卻是他對人的同情，和藹和優容；沒有一個人他對他不和藹，沒有一種人，他不能優容，沒有一種的情感，他絕對地不能表同情。我不說了解，因為不是許多人愛說志摩最不解人情嗎？我說他的特點也就在這上頭。

我們尋常人就愛說了解；能了解的我們便同情，不了解的我們便很落寞乃至於酷刻。表同情於我們能了解的，我們以為很適當；不表同情於我們不能了解的，我們也認為很公平。志摩則不然，了解與不了解，他並沒有過分地誇張，他只知道溫存，和平，體貼，只要他知道有情感的存在，無論出自何人，在何等情況下，他理智上認為適當與否，他全能表幾分同情，他真能體會原諒他人與他自己不相同處。從不會刻薄地單支出嚴格的逼仄的道德的天平指摘凡是與他不同的人。他這樣的溫和，這樣的優容，真能使許多人慚愧，我可以忠實地說，至少他要比我們多數的人偉大許多；他覺得人類各種的情感動作全有它不同的，價值放大了的人類的眼光，同情是不該只限於我們劃定的範圍內。他是對的，朋友們，歸根說，我們能夠懂得幾個人，了解幾樁事，幾種情感？哪一樁事，哪一個人沒有多面的看法！為此說來志摩的朋友之多，不是個可怪的事；凡是認得他的人不論深淺對他全有特殊的感情，也是極自然的結果。而反過來看他自己在他一生的過程中卻是很少得著同情的。不止如是，他還曾為他的一點理想的愚誠幾次幾乎不見容於社會。但是他卻未曾為這個而鄙吝他給他人的同情心，他的性情，不曾為受了刺激而轉變刻薄暴戾過，誰能不承認他幾有超人的寬量。

志摩的最動人的特點，是他那不可信的純淨的天真，對他的理想的愚誠，對藝術欣賞的認真，體會情感的切實，全是難能可貴到極點。他站在雨中等虹，他甘冒社會的大不韙爭他的戀愛自由；他坐曲折的火車到鄉間去拜哈岱，他拋棄博士一類的引誘捲了書包到英國，只為要拜羅素做老師，他為了一種特異的境遇，一時特異的感動，從此在生命途中冒險，從此拋棄所有的舊業，只是嘗試寫幾行新詩——這幾年新詩嘗試的運命並不太令人踴躍，冷嘲熱罵只是家常便飯——他常能走幾里路去採幾莖花，費許多波折去看一個朋友說兩句話；這些，還有許多，都不是我們尋常能夠輕易了解的神祕。我說神祕，其實竟許是傻，是痴！事實上他只是比我們認真，虔誠到傻氣，到痴！他愉快起來他的快樂的翅膀可以碰得到天，他憂傷起來，他的悲戚是深得沒有底。尋常評價的衡量在他手裡失了效用，利害輕重他自有他的看法，純是藝術的情感的脫離尋常的原則，所以往常人常聽到朋友們說到他總愛帶著嗟嘆的口吻說：「那是志摩，你又有什麼法子！」他真的是個怪人嗎？朋友們，不，一點都不是，他只是比我們近情，近理，比我們熱誠，比我們天真，比我們對萬物都更有信仰，對神，對人，對靈，對自然，對藝術！

朋友們，我們失掉的不只是一個朋友，一個詩人，我們丟掉的是極難得可愛的人格。

至於他的作品全是抒情的嗎？他的興趣只限於情感嗎？更是不對。志摩的興趣是極廣泛的。就有幾件，說起來，不認得他的人便要奇怪。他早年很愛數學，他始終極喜歡天文，他對天上星宿的名字和部位就認得很多，最喜暑夜觀星，好幾次他坐火車都是帶著關於宇宙的科學的書。他曾經譯過愛因斯坦的相對論，並且在一九二二年便寫過一篇關於相對論的東西登在《民鐸》雜誌上。他常向思成說笑：「任公先生的相對論的知識還是從我徐君志摩大作上得來的呢，因為他說他看過許多關於愛因斯坦的哲學都未曾看懂，看到志摩的那篇才懂了。」今夏我在香山養病，他常來閒談，有一天談到他幼年上學的經過和美國克萊克大學兩年學經濟學的景況，我們不禁對笑了半天，後來他在他的《猛虎集》的「序」裡也說了那麼一段。可是奇怪的！他不像許多天才，幼年裡上學，不是不及格，便是被斥退，他是常得優等的，聽說有一次康乃爾暑校裡一個極嚴的經濟教授還寫了信去克萊克大學教授那裡恭維他的學生，關於一門很難的功課。我不是為志摩在這裡誇張，因為事實上只有為了這樁事，今夏志摩自己便笑得不亦樂乎！

此外，他的興趣對於戲劇繪畫都極深濃，戲劇不用說，與詩文是那麼接近，他領略繪畫的天才也頗為可觀，後期印象派的幾個畫家，他都有極精密的愛惡，對於文藝復興時代那幾位，他也很熟悉，他最愛鮑蒂切利和達文西。自然他也常承認文人喜畫常是間接地受了別人論文的影響，他的，就受了法蘭（Roger Fry）和斐德（Walter Pater）的不少。對於建築審美他常常對思成和我道歉說：「太對不起，我的建築常識全是拉斯金那一套。」他知道我們是討厭拉斯金的。但是為看一個古建的殘址，一塊石刻，他比任何人都熱心，都更能靜心領略。

他喜歡色彩，雖然他自己不會作畫，暑假裡他曾從杭州給我幾封信，他自己叫它們作「描寫的水彩畫」，他用英文極細緻地寫出西（邊？）桑田的顏色，每一分嫩綠，每一色鵝黃，他都仔細地觀察到。又有一次他望著我園裡一帶斷牆半晌不語，過後他告訴我說，他正在默默體會，想要描寫那牆上向晚的豔陽和剛剛入秋的藤蘿。

對於音樂，中西的他都愛好，不止愛好，他那種熱心便喚醒過北京一次——也許唯一的一次——對音樂的注意。誰也忘不了那一年，克拉斯拉到北京在「真光」拉一個多鐘頭的提琴。對舊劇他也得算「在行」，他最後在北京那幾天我們曾接連地一起去聽好幾齣戲，回家時我們討論的熱鬧，比任何劇評都誠懇都起勁。

誰相信這樣的一個人，這樣忠實於「生」的一個人，會這樣早地永遠地離開我們另投一個世界，永遠地靜寂下去，不再透些許聲息！

我不敢再往下寫，志摩若是有靈聽到比他年輕許多的一個小朋友拿著老聲老氣的語調談到他的為人不覺得不快嗎？這裡我又來個極難堪的回憶，那一年他在這同一個的報紙上寫了那篇傷我父親慘故的文章，這夢幻似的人生轉了幾個彎，曾幾何時，卻輪到我在這風緊夜深裡握吊他的慘變。這是什麼人生？什麼風濤？什麼道路？志摩，你這最後的解脫未始不是幸福，不是聰明，我該當羨慕你才是。

紀念志摩去世四週年

今天是你走脫這世界的四週年！朋友，我們這次拿什麼來紀念你？前兩次的用香花感傷地圍上你的照片，抑住嗓子底下嘆息和悲哽，朋友和朋友無聊地對望著，完成一種紀念的形式，儼然是愚蠢的失敗。因為那時那種近於傷感，而又不夠宗教莊嚴的舉動，除卻點明瞭你和我們中間的距離，生和死的間隔外，實在沒有別的成效；幾乎完全不能達到任何真實紀念的意義。

去年今日我意外地由浙南路過你的家鄉，在昏沉的夜色裡我獨立火車門外，凝望著那幽暗的站臺，默默地回憶許多不相連續的過往殘片，直到生和死間居然幻成一片模糊，人生和火車似的蜿蜒一串疑問在蒼茫間奔馳。我想起你的：

火車禽住軌，在黑夜裡奔
過山，過水，過……

如果那時候我的眼淚曾不自主地溢出睫外，我知道你定會原諒我的。你應當相信我不會向悲哀投降，什麼時候我都相信倔強的忠於生的，即使人生如你底下所說：

就憑那精窄的兩道，算是軌，
馱著這份重，夢一般的累贅！

就在那時候我記得火車慢慢地由站臺拖出，一程一程地前進，我也隨著酸愴的詩意，那「車的呻吟」，「過荒野，過池塘……過噤口的村莊」。到了第二站——我的一半家鄉。

今年又輪到今天這一個日子！世界仍舊一團糟，多少地方是黑雲布滿著粗筋絡往理想的反面猛進，我並不在瞎說，當我寫：

信仰只一細炷香，
那點子亮再經不起西風
沙沙的隔著梧桐樹吹

朋友，你自己說，如果是你現在坐在我這位子上，迎著這一窗太陽：眼看著菊花影在牆上描畫作態；手臂下倚著兩疊今早的報紙；耳朵裡不時隱隱地聽著朝陽門外「打靶」的槍彈聲；意識的，潛意識的，要明白這生和死的謎，你又該寫成怎樣一首詩來，紀念一個死別的朋友？

此時，我卻是完全的一個糊塗！習慣上我說，每樁事都像是造物的意旨，歸根都是運命，但我明知道每樁事都有我們自己的影子在裡面烙印著！我也知道每一個日子是多少機緣巧合湊攏來拚成的圖案，但我也疑問其間的擺布誰是主宰。據我看來：死是悲劇的一章，生則更是一場悲劇的主幹！我們這一群劇中的角色自身性格與性格矛盾；理智與情感兩不相容；理想與現實當面衝突，側面或反面激成悲哀。日子一天一天向前轉，昨日和昨日堆疊起來混成一片不可避脫的背景，做成我們週遭的牆壁或氣氳，那麼結實又那麼縹緲，使我們每一人站在每一天的每一個時候裡都是那麼主要，又是那麼渺小無能為！

此刻我幾乎找不出一句話來說，因為，真的，我只是個完全的糊塗；感到生和死一樣的不可解，不可懂。

但是我卻要告訴你，雖然四年了你脫離去我們這共同活動的世界，本身停掉參加牽引事體變遷的主力，可是誰也不能否認，你仍立在我們煙濤渺茫的背景裡，間接地是一種力量，尤其是在文藝創造的努力和信仰方面。間接地你任憑自然的音韻，顏色，不時的風清月白，人的無定律的一切情感，悠斷悠續地仍然在我們中間繼續著生，仍然與我們共同交織著這生的糾紛，繼續著生的理想。你並不離我們太遠。你的身影永遠掛在這裡那裡，同你生前一樣的飄忽，愛在人家不經意時莅止，帶來勇氣的笑聲也總是那麼嘹亮，還有，還有經過你熱情或焦心苦吟的那些詩，一首一首仍串著許多人的心旋轉。

說到你的詩，朋友，我正要正經地和你再說一些話。你不要不耐煩。這話遲早我們總要說清的。人說蓋棺論定，前者早已成了事實，這後者在這四年中，說來叫人難受，我還未曾讀到一篇中肯或誠實的論評，雖然對你的讚美和攻訐由你去世後一兩週間，就紛紛開始了。但是他們每人手裡拿的都不像純文藝的天平；有的喜歡你的為人，有的疑問你私人的道德；有的單單尊崇你詩中所表現的思想哲學，有的僅喜愛那些軟弱的細緻的句子，有的每發議論必需牽涉到你的個人生活之合乎規矩方圓，或斷言你是輕薄，或引證你是浮奢豪侈！朋友，我知道你從不介意過這些，許多人的淺陋老實或刻薄處你早就領略過一堆，你不止未曾生過氣，並且常常表現憐憫同原諒；你的心情永遠是那麼潔淨；頭老抬得那麼高；胸中老是那麼完整的誠摯；臂上老有那麼許多不折不撓的勇氣。但是現在的情形與以前卻稍稍不同，你自己既已不在這裡，做你朋友的，眼看著你被誤解，曲解，乃至於謾罵，有時真忍不住替你不平。

但你可別誤會我心眼兒窄，把不相干的看成重要，我也知道誤解曲解謾罵，都是不相干的，但是朋友，我們誰都需要有人了解我們的時候，真了解了我們，即使是痛下針砭，罵著了我們的弱處錯處，那整個的我們卻因而更增添了意義，一個作家文藝的總成績更需要一種就文論文，就藝術論藝術的和平判斷。

你在《猛虎集》「序」中說「世界上再沒有比寫詩更慘的事」，你卻並未說明為什麼寫詩是一樁慘事，現在讓我來個註腳好不好？我看一個人一生為著一個愚誠的傾向，把所感受到的複雜的情緒嘗味到的生活，放到自己的理想和信仰的鍋爐裡燒煉成幾句悠揚鏗鏘的語言（哪怕是幾聲小唱），來滿足他自己本能的藝術的衝動，這本來是個極尋常的事。哪一個地方哪一個時代，都不斷有這種人。輪著做這種人的多半是為著他情感來得比尋常人濃富敏銳，而為著這情感而發生的衝動更是非實際的——或不全是實際的——追求，而需要那種藝術的滿足而已。說起來寫詩的人的動機多麼簡單可憐，正是如你「序」裡所說「我們都是受支配的善良的生靈」！雖然有些詩人因為他們的成績特別高厚廣闊包括了多數人，或整個時代的藝術和思想的衝動，從此便在人間披上神祕的光圈，使「詩人」兩字無形中掛著崇高的色彩。這樣使一般努力於用韻文表現或描畫人在自然萬物相交錯時的情緒思想的，便被人的成見看作誇大狂的旗幟，需要同時代人的極冷酷地譏訕和不信任來撲滅它，以挽救人類的尊嚴和健康。

我承認寫詩是慘淡經營，孤立在人中掙扎的勾當，但是因為我知道太清楚了，你在這上面單純的信仰和誠懇的嘗試，為同業者奮鬥，衛護他們的情感的愚誠，稱揚他們藝術的創造，自己從未曾求過虛榮，我覺得你始終是很逍遙舒暢的。如你自己所說：「滿頭血水」，你「仍不曾低頭」，你自己相信「一點性靈還在那裡掙扎」，「還想在實際生活的重重壓迫下透出一些聲響來」。

簡單地說，朋友，你這寫詩的動機是坦白不由自主的，你寫詩的態度是誠實，勇敢而倔強的。這在討論你詩的時候，誰都先得明瞭的。

至於你詩的技巧問題，藝術上的造詣，在這新詩仍在徬徨歧路的嘗試期間，誰也不能堅決地論斷，不過有一樁事我很想提醒現在討論新詩的人，新詩之由於無條件無形制寬泛到幾乎沒有一定的定義時代，轉入這討論外形內容，以至於音節韻腳章句意象組織等藝術技巧問題的時期，即是根據著對這方面努力嘗試過的那一些詩，你的頭兩個詩集子就是供給這些討論見解最多材料的根據。外國的土話說「馬總得放在馬車的前面」不是？沒有一些嘗試的成績放在那裡，理論家是不能老在那裡發一堆空頭支票的，不是？

你自己一向不止在那裡倔強地嘗試用功，你還會用盡你所有活潑的熱心鼓勵別人嘗試，鼓勵「時代」起來嘗試，——這種工作是最犯風頭嫌疑的，也只有你膽子大頭皮硬頂得下來！我還記得你要印詩集子時我替你捏一把汗，老實說還替你在有文采的老前輩中間難為情過，我也記得我初聽到人家找你辦《晨報副刊》時我的焦急，但你居然板起個臉抓起兩把鼓槌子為文藝吹打開路乃至於掃地，鋪鮮花，不顧舊勢力的非難，新勢力的懷疑，你幹你的事「事有人為，做了再說」那股子勁，以後別處也還很少見。

現在你走了，這些事漸漸在人的記憶中模糊下來，你的詩和文章也散漫在各小本集子裡，壓在有極新鮮的封皮的新書後面，誰說起你來，不是馬馬虎虎地承認你是過去中一個勢力，就是拿能夠挑剔看輕你的詩為本事（散文人家很少提到，或許「散文家」沒有詩人那麼光榮，不值得注意），朋友，這是沒法子的事，我卻一點不為此灰心，因為我有我的信仰。

我認為我們這寫詩的動機既如前面所說那麼簡單愚誠；因在某一時，或某一刻敏銳地接觸到生活上的鋒芒，或偶然地觸遇到理想峰巔上雲彩星霞，不由得不在我們所習慣的語言中，編綴出一兩串近於音樂的句子來，慰藉自己，解放自己，去追求超實際的真美，讀詩者的反應一定有一大半也和我們這寫詩的一樣誠實天真，僅想在我們句子中間由音樂性的愉悅，接觸到一些生活的底蘊滲合著美麗的憧憬；把我們的情緒給他們的情緒搭起一座浮橋；把我們的靈感，給他們生活添些新鮮；把我們的痛苦傷心再揉成他們自己憂鬱的安慰！

我們的作品會不會再長存下去，就看它們會不會活在那一些我們從來不認識的人，我們作品的讀者，散在各時、各處互相不認識的孤單的人心裡的，這種事它自己有自己的定律，並不需要我們的關心的。你的詩據我所知道的，它們仍舊在這裡浮沉流落，你的影子也就濃淡參差地繫在那些詩句中，另一端印在許多不相識人的心裡。朋友，你不要過於看輕這種間接的生存，許多熱情的人他們會為著你的存在，而加增了生的意識的。傷心的僅是那些你最親熱的朋友們和同興趣的努力者，你不在他們中間的事實，將要永遠是個不能填補的空虛。

你走後大家就提議要為你設立一個「志摩獎金」來繼續你鼓勵人家努力詩文的素志，勉強象徵你那種對於文藝創造擁護的熱心，使不及認得你的青年人永遠對你保存著親熱。如果這事你不覺到太寒傖不夠熱氣，我希望你原諒你這些朋友們的苦心，在冥冥之中笑著給我們勇氣來做這一些蠢誠的事吧。

《文藝叢刊小說選》題記

《大公報．文藝副刊》出了一年多，現在要將這第一年中屬於創造的短篇小說提出來，選出若干篇，印成單行本供給讀者更方便的閱覽。這個工作的確該使認真的作者和讀者兩方面全都高興。

這裡篇數並不多，人數也不多，但是聚在一個小小的選集裡也還結實飽滿，拿到手裡可以使人充滿喜悅的希望。

我們不怕讀者讀過了以後，這燃起的希望或者又會黯下變成失望。因為這失望竟許是不可免的，如果讀者對創造界誠懇地抱著很大的理想，心裡早就疊著不平常的企望，但只要是讀者誠實的反應，我們都不害怕。因為這裡是一堆作者老實的成績，合起來代表一年中創造界一部分的試驗，無論拿什麼標準來衡量它，斷定它的成功或失敗，誰也沒有一句話說的。

現在姑且以編選人對這多篇作品所得的感想來說，供讀者瀏覽評閱這本選集時一種參考，簡單的就是底下的一點意見。

如果我們取鳥瞰的形勢來觀察這個小小的局面，至少有一個最顯著的現象展在我們眼下。在這些作品中，在題材的選擇上似乎有個很偏的傾向：那就是趨向農村或少受教育分子或勞力者的生活描寫。這傾向並不偶然，說好一點，是我們這個時代對於他們——農人與勞力者——有濃重的同情和關心；說壞一點，是一種盲從趨時的現象。但最公平地說，還是上面的兩個原因都有一點關係。描寫勞工社會，鄉村色彩已成一種風氣，且在文藝界也已有一點成績。初起的作家，或個性不強烈的作家，就容易不自覺的，因襲種種已有眉目的格調下筆。尤其是在我們這時代，青年作家都很難過自己在物質上享用，優越於一般少受教育的民眾，便很自然地要認識鄉村的窮苦，對偏僻的內地發生興趣，反倒撇開自己所熟識的生活不寫。拿單篇來講，許多都寫得好，還有些特別寫得精彩的。但以創造界全盤試驗來看，這種偏向表示貧弱，缺乏創造力量。並且為良心的動機而寫作，那作品的藝術成分便會發生疑問。我們希望選集在這一點上可以顯露出這種創造力的缺乏，或藝術性的不純真，刺激作家們自己更有個性，更熱誠地來刻畫這多面錯綜複雜的人生，不拘泥於任何一個角度。

除卻上面對題材的偏向以外，創造文藝的認真卻是毫無疑問的。前一時代在流暢文字的煙幕下，刻薄地以諷刺個人博取流行幽默的小說，現已無形地擯出努力創造者的門外，衰滅下去幾至絕跡。這個情形實在也值得我們作者和讀者額手相慶的好現象。

在描寫上，我們感到大多數所取的方式是寫一段故事，或以一兩人物為中心，或以某地方一樁事發生的始末為主幹，單純地發展與結束。這也是比較薄弱的手法。這個我們疑惑或是許多作者誤會了短篇的限制，把它的可能性看得過窄的緣故。生活大膽的斷面，這裡少有人嘗試，剖示貼己生活的矛盾也無多少人認真地來做。這也是我們中間一種遺憾。

至於關於這裡短篇技巧的水準，平均的程度，編選人卻要不避嫌疑地提出請讀者注意。無疑的，在結構上，在描寫上，在敘事與對話的分配上，多數作者已有很成熟自然地運用。生澀幼稚和冗長散漫的作品，在新文藝早期中毫無愧色地散見於各種印刷物中，現在已完全斂跡。通篇的連貫，文字的經濟，著重點的安排，顏色圖畫的鮮明，已成為極尋常的標準。在各篇中我們相信讀者一定還不會不覺察到那些好處的；為著那些地方就給了編選人以不少愉快和希望。

最後如果不算離題太遠，我們還要具體地講一點我們對於作者與作品的見解。作品最主要處是誠實。誠實的重要還在題材的新鮮，結構的完整，文字的流麗之上。即是作品需誠實於作者客觀所明瞭，主觀所體驗的生活。小說的情景即使整個是虛構的，內容的情感卻全得借力於逼真的，體驗過的情感，毫不能用空洞虛假來支持著傷感的「情節」！所謂誠實並不是作者必需實際地經過在作品中所提到的生活，而是凡在作品中所提到的生活，的確都是作者在理智上所極明瞭，在感情上極能體驗得出的情景或人性。許多人因是自疚生活方式不新鮮，而故意地選擇了一些特殊浪漫，而自己並不熟識的生活來做題材，然後敲詐自己有限的幻想力去鋪張出自己所沒有的情感，來騙取讀者的同情。這種創造既浪費文字來誇張虛偽的情景和傷感，那些認真的讀者要從文藝裡充實生活認識人生的，自然要感到十分的不耐煩和失望的。

生活的豐富不在生存方式的種類多與少，如做過學徒，又拉過洋車，去過甘肅又走過雲南，卻在客觀的觀察力與主觀的感覺力同時的銳利敏捷，能多面地明瞭及嘗味所見、所聽、所遇，種種不同的情景；還得理會到人在生活上互相的關係與牽連；固定的與偶然的中間所起戲劇式的變化；最後更得有自己特殊的看法及思想，信仰或哲學。

一個生活豐富者不在客觀地見過若干事物，而在能主觀地能激發很複雜，很不同的情感，和能夠同情於人性的許多方面的人。

所以一個作者，在運用文字的技術學問外，必需是能立在任何生活上面，能在主觀與客觀之間，感覺和了解之間，理智上進退有餘，情感上橫溢奔放，記憶與幻想交錯相輔，到了真即是假，假即是真的程度，他的筆下才顯著活力真誠。他的作品才會充實偉大，不受題材或文字的影響，而能持久普遍的動人。

這些道理，讀者比作者當然還要明白點，所以作品的估價永遠操在認真的讀者手裡，這也是這個選集不得不印書，獻與它的公正的評判者的一個原因。

永遠地在我們心裡留下痕跡（小說卷）

凡屬於故事的話，當然都更能深入孩子的記憶裡，這舅公的來歷，就永遠地在我們心裡留下痕跡。

窘

暑假中真是無聊到極點，維杉幾乎急著學校開課，他自然不是特別好教書的——平日他還很討厭教授的生活——不過暑假裡無聊到沒有辦法，他不得不想到做事是可以解悶的。拿做事當作消遣也許是墮落。中年人特有的墮落。「但是，」維杉狠命地劃一下火柴，「中年了又怎樣？」他又點上他的煙卷連抽了幾口。朋友到暑假裡，好不容易找，都跑了，回南的不少，幾個年輕的，不用說，更是忙得可以。當然脫不了為女性著忙，有的遠赶到北戴河去。只剩下少朗和老晉幾個永遠不動的金剛，那又是因為他們有很好的房子有太太有孩子，真正過老牌子的中年生活，誰都不像他維杉的四不像的落魄！

維杉已經坐在少朗的書房裡有一點多鐘了，說著閒話，雖然他吃煙的時候比說話的多。難得少朗還是一味地活潑，他們中間隔著十年倒是一件不很顯著的事，雖則少朗早就做過他的四十歲整壽，他的大孩子去年已進了大學。這也是舊式家庭的好處，維杉呆呆地靠在矮榻上想，眼睛望著竹簾外大院子。一缸蓮花和幾盆很大的石榴樹，夾竹桃，叫他對著北京這特有的味道賞玩。他喜歡北京，尤其是北京的房子院子。有人說北京房子傻透了，儘是一律的四合院，這說話的夠多沒有意思，他哪裡懂得那均衡即對稱的莊嚴！北京派的擺花也是別有味道，連下人對盆花也是特別地珍惜，你看哪一個大宅子的馬號院裡，或是門房前邊，沒有幾盆花在磚頭疊的座子上整齊地放著？想到馬號維杉有些不自在了，他可以想像到他的洋車在日影底下停著，車夫坐在腳板上歪著腦袋睡覺，無條件地在等候他的主人，而他的主人……無聊真是到了極點。

他想立起身來走，卻又看著毒火般的太陽膽怯。他聽到少朗在書桌前面說：「昨天我親戚家送來幾個好西瓜，今天該冰得可以了。你吃點吧？」

他想回答說：「不，我還有點事，就要走了。」卻不知不覺地立起身來說：「少朗，這夏天我真感覺沉悶，無聊！委實說這暑假好不容易過。」

少朗遞過來一盒煙，自己把煙鬥銜到嘴裡，一手在桌上抓摸洋火。他對維杉看了一眼，似笑非笑地皺了一皺眉頭——少朗的眉頭是永遠有文章的。維杉不覺又有一點不自在，他的事情，雖然是好幾年前的事情，少朗知道得最清楚——也許太清楚了。

「你不吃西瓜嗎？」維杉想拿話岔開。

少朗不響，吃了兩口煙，一邊站起來按電鈴，一邊輕輕地說：「難道你還沒有忘掉？」

「笑話！」維杉急了，「誰的記性抵得住時間？」

少朗的眉頭又皺了一皺，他信不信維杉的話很難說。他囑咐進來的陳升到東院和太太要西瓜，他又說：「索性請少爺們和小姐出來一塊兒吃。」少朗對於家庭是絕對的舊派，和朋友們一處時很少請太太出來的。

「孩子們放暑假，出去旅行後，都回來了，你還沒有看見吧？」

從玻璃窗，維杉望到外邊，從石榴和夾竹桃中間跳著走來兩個身材很高，活潑潑的青年和一個穿著白色短裙的女孩子。

「少朗，那是你的孩子長得這麼大了？」

「不，那個高的是孫家的孩子，比我的大兩歲，他們是好朋友，這暑假他就住在我們家裡。你還記得孫石年不？這就是他的孩子，好聰明的！」

「少朗，你們要都讓你們的孩子這樣的長大，我，我覺得簡直老了！」

竹簾子一響，旋風般地，三個活龍似的孩子已經站在維杉跟前。維杉和小孩子們周旋，還是維杉有些不自在，他很彆扭地拿著長輩的樣子問了幾句話。起先孩子們還很規矩，過後他們只是亂笑，那又有什麼辦法？天真爛漫的青年知道什麼？

少朗的女兒，維杉三年前看見過一次，那時候她只是十三四歲光景，張著一雙大眼睛，轉著黑眼珠，玩他的照相機。這次她比較靦腆地站在一邊，拿起一把刀替他們切西瓜。維杉注意到她那只放在西瓜上邊的手，她在喊「小篁哥」。她說：「你要切，我可以給你這一半。」小嘴抿著微笑，她又說：「可要看誰切得別緻，要式樣好！」她更笑得厲害一點。

維杉看她比從前雖然高了許多，臉樣卻還是差不多那麼圓滿，除卻一個小尖的下顎。笑的時候她的確比不笑的時候大人氣一點，這也許是她那排小牙很有點少女的豐神的緣故。她的眼睛還是完全的孩子氣，閃亮，閃亮的，說不出還是靈敏，還是秀媚。維杉呆呆地想：一個女孩子在成人的邊沿真像一個緋紅的剛成熟的桃子。

孫家的孩子毫不客氣地過來催她說：「你哪裡懂得切西瓜，讓我來吧！」

「對了，芝妹，讓他吧，你切不好的！」她哥哥也催著她。

「爹爹，他們又搭夥著來麻煩我。」她柔和地喚她爹。

「直丟臉，現時的女孩子還要爹爹保護嗎？」他們父子倆對看著笑了一笑，他拉著他的女兒過來坐下問維杉說：「你看她還是進國內的大學好，還是送出洋進外國的大學好？」

「什麼？這麼小就預備進大學？」

「還有兩年，」芝先答應出來，「其實只是一年半，因為我年假裡便可以完，要是爹讓我出洋，我春天就走都可以的，爹爹說是不是？」她望著她的爹。

「小鳥長大了翅膀，就想飛！」

「不，爹，那是大鳥把他們推出巢去學飛！」他們父子倆又交換了一個微笑。這次她爹輕輕地撫著她的手背，她把臉湊在她爹的肩邊。

兩個孩子在小桌子上切了一會兒西瓜，小孫頂著盤子走到芝前邊屈下一膝，頑皮地笑著說：「這西夏進貢的瓜，請公主娘娘嘗一塊！」

她笑了起來拈了一塊又向她爹說：「爹看他們夠多皮？」

「萬歲爺，您的御口也嘗一塊！」

「沅，不先請客人，豈有此理！」少朗拿出父親樣子來。

「這位外邦的貴客，失敬了！」沅遞了一塊過來給維杉，又張羅著碟子。

維杉又覺著不自在——不自然！說老了他不算老，也實在不老。可是年輕？他也不能算是年輕，尤其是遇著這群小夥子。真是沒有辦法！他不知為什麼覺得窨極了。

此後他們說些什麼他不記得，他自己只是和少朗談了一些小孩子在國外進大學的問題。他好像比較贊成國外大學，雖然他也提出了一大堆缺點和弊病，他嫌國內學生的生活太枯乾、不健康、太窄、太老……

「自然，」他說，「成人以後看外國比較有尺寸，不過我們並不是送好些小學生出去，替國家做檢查員的。我們只要我們的孩子得著我們自己給不了他們的東西。既然承認我們有給不了他們的一些東西，還不如早些送他們出去自由地享用他們年輕人應得的權利——活潑的生活。奇怪，真的連這一點子我們常常都給不了他們，不要講別的了。」

「我們」和「他們」！維杉好像在他們中間劃出一條界線，分明地分成兩組，把他自己分在前輩的一邊。他羨慕有許多人只是一味地老成，或是年輕，他雖然分了界線卻仍覺得四不像，——窘，對了，真窘！芝看著他，好像在吸收他的議論，他又不自在到萬分，拿起帽子告訴少朗他一定得走了。「有一點事情要趕著做。」他又聽到少朗說什麼「真可惜，不然倒可以一同吃晚飯的」。他覺著自己好笑，嘴裡卻說：「不行，少朗，我真的有事非走不可了。」一邊慢慢地踱出院子來。兩個孩子推著挽著芝跟了出來送客。到維杉邁上了洋車後他回頭看大門口那三個活龍般年輕的孩子站在門檻上笑，尤其是她，略歪著頭笑，露著那一排小牙。

又過了兩三天的下午，維杉又到少朗那裡閒聊，那時已經差不多七點多鐘，太陽已經下去了好一會兒，只留下滿天的斑斑的紅霞。他剛到門口已經聽到院子裡的笑聲。他跨進西院的月門，只看到小孫和芝在爭著拉天棚。

「你沒有力，」小孫說，「我幫你的忙。」他將他的手罩在芝的上邊，兩人一同狠命地拉。聽到維杉的聲音，小孫放開手，芝也停住了繩子不拉，只是笑。

維杉一時感著一陣高興，他往前走了幾步對芝說：「來，讓我也拉一下。」他剛到芝的旁邊，忽然吱啞一聲，雨一般的水點從他們頭上噴灑下來，冰涼的水點驟澆到背上，嚇了他們一跳，芝撒開手，天棚繩子從她手心溜了出去！原來小沅站在水缸邊玩抽水機筒，第一下便射到他們的頭上。這下子大家都笑，笑得厲害。芝站著不住地搖她發上的水。維杉踟躕了一下，從袋裡掏出他的大手絹輕輕地替她撥去髮上的水。她兩頰緋紅了卻沒有躲走，低著頭盡看她擦破的掌心。維杉看到她肩上溼了一小片，暈紅的肉色從溼的軟白紗裡透露出來，他停住手不敢也拿手絹擦，只問她的手怎樣了，破了沒有。她背過手去說：「沒有什麼！」就溜地跑了。

少朗看他進了書房，放下他的煙鬥站起來，他說維杉來得正好，他約了幾個人吃晚飯。叔謙已經在屋內，還有老晉，維杉知道他們免不了要打牌的，他笑說：「拿我來湊腳，我不來。」

「那倒用不著你，一會兒夢清和小劉都要來的，我們還多了人呢。」少朗得意地吃一口煙，疊起他的稿子。

「他只該和小孩子們耍去。」叔謙微微一笑，他剛才在窗口或者看到了他們拉天棚的情景。維杉不好意思了。可是又自覺得不好意思得毫無道理，他不是拿出老叔的牌子嗎？可是不相干，他還是不自在。

「少朗的大少爺皮著呢，澆了老叔一頭的水！」他笑著告訴老晉。

「可不許你把人家的孩子帶壞了。」老晉也帶點取笑他的意思。

維杉惱了，惱什麼他不知道，說不出所以然。他不高興起來，他想走，他懊悔他來的，可是他又不能就走。他悶悶地坐下，那種說不出的窘又侵上心來。他接連抽了好幾根煙，也不知都說了一些什麼話。

晚飯時候孩子們和太太並沒有加入，少朗的老派頭。老晉和少朗的太太很熟，飯後和維杉來到東院看她。她們已吃過飯，大家圍住圓桌坐著玩。少朗太太雖然已經是中年的婦人，卻是樣子非常的年輕，又很清雅。她坐在孩子旁邊倒像是姊弟。小孫在用肥皂刻一副象棋——他爹是學過雕刻的——芝低著頭用尺畫棋盤的方格，一隻手按住尺，支著細長的手指，右手整齊地用鋼筆描。在低垂著的細發底下，維杉看到她抿緊的小嘴，和那微尖的下顎。

「杉叔別走，等我們做完了棋盤和棋子，和杉叔下一盤棋，好不好？」沅問他。

「平下，誰也不讓誰。」他更高興著說。

「那倒好，我們辛苦做好了棋盤棋子，你請客！」芝一邊說她的哥哥，一邊又看一看小孫。

「所以他要學政治。」小孫笑著說。好厲害的小嘴！維杉不覺看他一眼，小孫一頭微鬈的黑髮讓手抓得蓬蓬的。兩個伶俐的眼珠老帶些頑皮的笑。瘦削的臉卻很健碩白皙。他的兩隻手真有性格，並且是意外的靈動，維杉就喜歡觀察人家的手。他看小孫的手抓緊了一把小刀，敏捷地在刻他的棋子，旁邊放著兩碟顏色，每刻完了一個棋子，他在字上從容地描入綠色或是紅色。維杉覺得他很可愛，便放一隻手在他肩上說：「真是一個小美術家！」

剛說完，維杉看見芝在對面很高興地微微一笑。

少朗太太問老晉家裡的孩子怎樣了，又殷勤地搬出果子來大家吃。她說她本來早要去看晉嫂的，只是暑假中孩子們在家她走不開。

「你看，」她指著小孩子們說，「這一大桌子，我整天地忙著替他們當差。」

「好，我們幫忙的倒不算了，」芝抬起頭來笑，又露著那排小牙，「晉叔，今天你們吃的餃子還是孫家篁哥幫著包的呢！」

「是嗎？」老晉看一看她，又看了小孫，「怪不得，我說那味道怪頑皮的！」

「那紅燒雞裡的醬油還是『公主娘』御手親自下的呢。」小孫嚷著說。

「是嗎？」老晉看一看維杉，「怪不得你杉叔跪接著那塊雞，差點沒有磕頭！」

維杉又有點不痛快，也不是真惱，也不是急，只是覺得窘極了。「你這晉叔的學位，」他說，「就是這張嘴換來的。聽說他和晉嬸嬸結婚的那一天演說了五個鐘頭，等到新娘子和儐相站在臺上委實站不直了，他才對客人一鞠躬說：『今天只有這幾句極簡單的話來謝謝大家來賓的好意！』」

小孩們和少朗太太全聽笑了，少朗太太說：「夠了，夠了，這些孩子還不夠皮的，你們兩位還要教他們？」

芝笑得仰不起頭來，小孫瞟她一眼，哼一聲說：「這才叫做女孩子。」她臉漲紅了瞪著小孫看。

棋盤，棋子全畫好了。老晉要回去打牌，孩子們拉著維杉不放，他只得留下，老晉笑了出去。維杉只裝沒有看見。小孫和芝站起來到門邊臉盆裡爭著洗手，維杉聽到芝說：「好痛，剛才繩子擦破了手心。」

小孫說：「你別用胰子就好了。來，我看看。」他拿著她的手仔細看了半天。他們兩人拉著一塊手巾一同擦手，又嘰嘰咕咕地說笑。

維杉覺得無心下棋，卻不得不下。他們三個人戰他一個。起先他懶洋洋地沒有注意，過一刻他真有些應接不暇了。不知為什麼他卻覺著他不該輸的，他不願意輸！說起真好笑，可是他的確感著要戰勝，孩子不孩子他不管！芝的眼睛鎮住看他的棋，好像和弱者表同情似的，他真急了。他野蠻起來了，他居然進攻對方的弱點了，他調用他很有點神氣的馬了，他走卒了，棋勢緊張起來，兩邊將帥都不能安居在當中了。孩子們的車守住他大帥的腦門頂上，吃力的當然是維杉的棋！沒有辦法。三個活龍似的孩子，六個玲瓏的眼睛，維杉又有什麼法子！他輸了輸了，不過大帥還真死得英雄，對方的危勢也只差一兩子便要命的！但是事實上他仍然是輸了。下完了以後，他覺得熱，出了些汗，他又拿出手絹來剛要揩他的腦門，忽然他呆呆地看著芝的細松的頭髮。

「還不快給杉叔倒茶。」少朗太太喊她的女兒。

芝轉身到茶桌上倒了一杯，兩隻手捧著，端過來。維杉不知為什麼又覺得窘極了。

孩子們約他清早裡逛北海，目的當然是搖船。他去了，雖然好幾次他想設法推辭不去的。他穿他的白荷蘭褲子葛布上衣，拿了他草帽微覺得可笑，他近來永遠地覺得自己好笑，這種橫生的幽默，他自己也不了解的。他一徑走到北海的門口還想著要回頭的。站崗的巡警向他看了一眼，奇怪，有時你走路時忽然望到巡警的冷靜的眼光，真會使你愣一下，你要自問你都做了些什麼事，準知道沒有一件是違法的麼？他買到票走進去，猛抬頭看到那橋前的牌樓。牌樓，白石橋，垂柳，都在注視他。——他不痛快極了，挺起腰來健步走到旁邊小路上，表示不耐煩。不耐煩的臉本來與他最相宜的，他一失掉了「不耐煩」的神情，他便好像丟掉了好朋友，心裡便不自在。懂得吧？他繞到後邊，隔岸看一看白塔，它是自在得很，永遠帶些不耐煩的臉站著——還是坐著？——它不懂得什麼年輕，老。這一些無聊的日月，它只是站著不動，腳底下自有湖水，亭榭松柏，楊柳，人——老的小的——忙著他們更換的糾紛！他奇怪他自己為什麼到北海來，不，他也不是懊悔，清早裡松蔭底下發著涼香，誰懊悔到這裡來？他感著像青草般在接受露水的滋潤，他居然感著舒快。奢侈的金黃色的太陽橫著射過他的輝焰，湖水像錦，蓮花蓮葉並著肩挨擠成一片，像在爭著朝覲這早上的雲天！這富足，這綺麗的天然，誰敢不耐煩？維杉到五龍亭邊坐下掏出他的煙卷，低著頭想要仔細地，細想一些事，去年的，或許前年的，好多年的事——今早他又像回到許多年前去——可是他總想不出一個所以然來。「本來是，又何必想？要活著就別想！這又是誰說過的話……」

忽然他看到芝一個人向他這邊走來。她穿著蔥綠的衣裳，裙子很短，隨著她跳躍的腳步飄動，手裡玩著一把未開的小紙傘。頭髮在陽光裡，微帶些紅銅色，那倒是很特別的。她看到維杉笑了一笑，輕輕地跑了幾步湊上來，喘著說：「他們僱船去了。可是一個不夠，我們還要雇一隻。」維杉丟下煙，不知不覺地拉著她的手說：「好，我們去雇一隻，找他們去。」

她笑著讓他拉著她的手。他們一起走了一些路，才找著租船的人。維杉看她赤著兩只健秀的腿，只穿一雙筒子極短的襪子，和一雙白布的運動鞋；微紅的肉色和蔥綠的衣裳叫他想起他心愛的一張新派作家的畫。他想他可惜不會畫，不然，他一定知道怎樣的畫她——微紅的頭髮，小尖下頦，綠的衣服，紅色的腿，兩隻手，他知道，一定知道怎樣的配置。他想像到這張畫掛在展覽會裡，他想像到這張畫登在月報上，他笑了。

她走路好像是有彈性地奔騰。龍，小龍！她走得極快，他幾乎要追著她。他們雇好船跳下去，船人一竹篙把船撐離了岸，他脫下衣裳捲起衫袖，他好高興！她說她要先搖，他不肯，他點上煙含在嘴裡叫她坐在對面。她忽然又靦腆起來低著頭裝著看蓮花半晌沒有說話，他的心像被蜂螫了一下，又覺得一陣窘，懊悔他出來。他想說話，卻找不出一句話說，他盡搖著船也不知過了多少時候她才抬起頭來問他說：「杉叔，美國到底好不好？」

「那得看你自己。」他覺得他自己的聲音粗暴，他後悔他這樣尖刻地回答她誠懇的問話。他更窘了。

她並沒有不高興，她說：「我總想出去了再說。反正不喜歡我就走。」

這一句話本來很平淡，維杉卻覺得這孩子爽快得可愛，他誇她說：「好孩子，這樣有決斷才好。對了，別錯認學位做學問就好了，你預備學什麼呢？」

她臉紅了半天說：「我還沒有決定呢……爹要我先進普通文科再說……我本來是要想學……」她不敢說下去。

「你要學什麼壞本領，值得這麼膽怯！」

她的臉更紅了，同時也大笑起來，在水面上聽到女孩子的笑聲，真有說不出的滋味，維杉對著她看，心裡又好像高興起來。

「不能宣布麼？」他又逗著追問。

「我想，我想學美術——畫……我知道學畫不該到美國去的，並且……你還得有天才，不過……」

「你用不著學美術的，更不必學畫。」維杉禁不住這樣說笑。

「為什麼？」她眼睛睜得很大。

「因為，」維杉這回覺得有點不好意思了，他低聲說，「因為你的本身便是美術，你此刻便是一張畫。」他不好意思極了，為什麼人不能夠對著太年輕的女孩子說這種恭維的話？你一說出口，便要感著你自己的蠢，你一定要後悔的。她此刻的眼睛看著維杉，叫他又感著窘到極點了。她的嘴角微微地斜上去，不是笑，好像是鄙薄他這種的恭維她——沒法子，話已經說出來了，你還能收回去？！窘，誰叫他自己找事！

兩個孩子已經將船攏來，到他們一處，高興地嚷著要賽船。小孫立在船上，高高的細長身子穿著白色的衣裳在荷葉叢前邊特別明顯。他兩隻手叉在腦後，眼睛看著天，嘴裡吹唱一些調子。他又伸隻手到葉叢裡摘下一朵荷花。

「接，快接！」他輕輕擲到芝的面前，「怎麼了，大清早裡睡著了？」

她只是看著小孫笑。

「怎樣，你要在哪一邊，快揀定了，我們便要賽船了。」維杉很老實地問芝，她沒有回答。她哥哥替她決定了，說：「別換了，就這樣吧。」

賽船開始了，荷葉太密，有時兩個船幾乎碰上，在這種時候芝便笑得高興極了，維杉搖船是老手，可是北海的水有地方很淺，有時不容易發展，可是他不願意再在孩子們面前丟臉，他決定要勝過他們，所以他很加小心和力量。芝看到後面船漸漸要趕上時她便催他趕快，他也愈努力了。

太陽積漸熱起來，維杉們的船已經比沅的遠了很多，他們承認輸了，預備回去，芝說杉叔一定乏了，該讓她搖回去，他答應了她。

他將船板取開躺在船底，仰著看天。芝將她的傘借他遮著太陽，自己把荷葉包在頭上搖船。維杉躺著看雲，看荷花梗，看水，看岸上的亭子，把一隻手丟在水裡讓柔潤的水浪洗著。他讓芝慢慢地搖他回去，有時候他張開眼看她，有時候他簡直閉上眼睛，他不知道他是快活還是苦痛。

少朗的孩子是老實人，渾厚得很卻不笨，聽說在學校裡功課是極好的。走出北海時，他跟維杉一排走路和他說了好些話。他說他願意在大學裡畢業了才出去進研究院的。他說，可是他爹想後年送妹妹出去進大學；那樣子他要是一起走，大學裡還差一年，很可惜；如果不走，妹妹又不肯白白地等他一年。當然他說小孫比他先一年完，正好可以和妹妹一起走。不過他們三個老是在一起慣了，如果他們兩人走了，他一個人留在國內一定要感著悶極了，他說，「炒雞子」這事簡直是「糟糕一麻絲」。

他又講小孫怎樣的聰明，運動也好，撐竿跳的式樣「簡直是太好」，還有游水他也好，「不用說，他簡直什麼都做！」他又說小孫本來在足球隊裡的，可是這次和天津比賽時，他不肯練。「你猜為什麼？」他問維杉，「都是因為學校蓋個噴水池，他整天守著石工看他們刻魚！」

「他預備也學雕刻嗎？他爹我認得，從前也學過雕刻的。」維杉問他。

「那我不知道，小孫的文學好，他寫了許多很好的詩，——爹爹也說很好的，」沅加上這一句證明小孫的詩的好是可靠的，「不過，他亂得很，稿子不是撕了便是丟了的。」他又說他怎樣有時替他撿起抄了寄給《校刊》。總而言之沅是小孫的「英雄崇拜者」。

沅說到他的妹妹，他說他妹妹很聰明，她不像尋常的女孩那麼「討厭」，這裡他臉紅了，他說：「彆扭得討厭，杉叔知道吧？」他又說他班上有兩個女學生，對於這個他表示非常不高興。

維杉聽到這一大篇談話，知道簡單點講，他維杉自己，和他們中間至少有一道溝——並不是什麼了不得的間隔——只是一個年齡的深溝，橋是搭得過去的，不過深溝仍然是深溝，你搭多少條橋，溝是仍然不會消滅的。他問沅幾歲，沅說「整整的快十九了」，他妹妹雖然是十七，「其實只滿十六年」。維杉不知為什麼又感著一陣不舒服，他回頭看小孫和芝並肩走著，高興地說笑。「十六，十七。」維杉嘴裡哼哼著。究竟說三十四不算什麼老，可是那就已經是十七的一倍了。誰又願意比人家歲數大出一倍，老實說！

維杉到家時並不想吃飯，只是連抽了幾根煙。

過了一星期，維杉到少朗家裡來。門房裡陳升走出來說：「老爺到對過張家借打電話去，過會子才能回來。家裡電話壞了兩天，電話局還不派人來修理。」陳升是個打電話專家，有多少曲折的傳話，經過他的嘴，就能一字不漏地溜進電話筒。那也是一種藝術。他的方法聽著很簡單，運用起來的玄妙你就想不到。哪一次維杉走到少朗家裡不聽到陳升在過廳裡向著電話：「喂，喂，喂，我說，我說呀！」維杉向陳升一笑，他真不能替陳升想像到沒有電話時的煩悶。

「好，陳升，我自己到書房裡等他，不用你了。」維杉一個人踱過那靜悄悄的西院，金魚缸，蓮花，石榴，他愛這院子，還有隔牆的棗樹，海棠。他掀開竹簾走進書房。迎著他眼的是一排豐滿的書架，壁上掛的朱拓的黃批，和屋子當中的一大盆白玉蘭，幽香充滿了整間屋子。維杉很羨慕少朗的生活。夏天裡，你走進一個搭著天棚的一個清涼大院子，靜雅的三間又大又寬的北屋，屋裡滿是琳瑯的書籍，幾件難得的古董，再加上兩三盆珍罕的好花，你就不能不豔羨那主人的清福！

維杉走到套間小書齋裡，想寫兩封信，他忽然看到芝一個人伏在書桌上。他奇怪極了，輕輕地走上前去。

「怎麼了？不舒服嗎，還是睡著了？」

「嚇我一跳！我以為是哥哥回來了……」芝不好意思極了。維杉看到她哭紅了的眼睛。

維杉起先不敢問，心裡感得不過意，後來他伸一隻手輕撫著她的頭說：「好孩子，怎麼了？」

她的眼淚更撲簌簌地掉到裙子上，她拈了一塊——真是不到四寸見方——淡黃的手絹拚命地擦眼睛。維杉想，她叫你想到方成熟的桃或是杏，緋紅的，飽飽的一顆天真，讓人想摘下來賞玩，卻不敢真真地拿來吃，維杉不覺得沒了主意。他逗她說：「準是嬤打了！」

她拿手絹蒙著臉偷偷地笑了。

「怎麼又笑了？準是你打了嬤了！」

這回她伏在桌上索性嗤嗤地笑起來。維杉糊塗了。他想把她的小肩膀摟住，吻她的粉嫩的脖頸，但他又不敢。他站著發了一會兒呆。他看到椅子上放著她的小紙傘，他走過去坐下開著小傘說玩。

她仰起身來，又擦了半天眼睛，才紅著臉過來拿她的傘，他不給。

「剛從哪裡回來，芝？」他問她。

「車站。」

「誰走了？」

「一個同學，她是我最好的朋友，可是她……她明年不回來了！」她好像仍是很傷心。

他看著她沒有說話。

「杉叔，您可以不可以給她寫兩封介紹信，她就快到美國去了。」

「到美國哪一個城？」

「反正要先到紐約的。」

「她也和你這麼大嗎？」

「還大兩歲多。……杉叔您一定得替我寫，她真是好，她是我最好的朋友了。……杉叔，您不是有許多朋友嗎，你一定得寫。」

「好，我一定寫。」

「爹說杉叔有許多……許多女朋友。」

「你爹這樣說了麼？」維杉不知為什麼很生氣。他問了芝她朋友的名字，他說他明天替她寫那介紹信。他拿出煙來很不高興地抽。這回芝拿到她的傘卻又不走。她坐下在他腳邊一張小凳上。

「杉叔，我要走了的時候您也替我介紹幾個人。」

他看著芝倒翻上來的眼睛，他笑了，但是他又接著嘆了一口氣。

他說：「還早著呢，等你真要走的時候，你再提醒我一聲。」

「可是，杉叔，我不是說女朋友，我的意思是：也許杉叔認得幾個真正的美術家或是文學家。」她又拿著手絹玩了一會兒低著頭說：「篁哥，孫家的篁哥，他亦要去的，真的，杉叔，他很有點天才。可是他想不定學什麼。他爹爹說他歲數太小，不讓他到巴黎學雕刻，要他先到哈佛學文學，所以我們也許可以一起走……我亦勸哥哥一起去，他可捨不得這裡的大學。」這裡她話愈說得快了，她差不多喘不過氣來，「我們自然不單到美國，我們以後一定轉到歐洲，法國，義大利，對了，篁哥連做夢都是做到義大利去，還有英國……」

維杉心裡說：「對了，出去，出去，將來，將來，年輕！荒唐的年輕！他們只想出去飛！飛！叫你怎不覺得自己落伍，老，無聊，無聊！」他說不出的難過，說老，他還沒有老，但是年輕？！他看著煙卷沒有話說。芝看著他不說話也不敢再開口。

「好，明年去時再提醒我一聲，不，還是後年吧？……那時我也許已經不在這裡了。」

「杉叔，到哪裡去？」

「沒有一定的方向，也許過幾年到法國來看你……那時也許你已經嫁了……」

芝急了，她說：「沒有的話，早著呢！」

維杉忽然做了一件很古怪的事，他俯下身去吻了芝的頭髮。他又伸過手拉著芝的小手。

少朗推簾子進來，他們兩人站起來，趕快走到外間來。芝手裡還拿著那把紙傘。少朗起先沒有說話，過一會兒，他皺了一皺他那有文章的眉頭問說：「你什麼時候來的？」

「剛來。」維杉這樣從容地回答他，心裡卻覺著非常之窘。

「別忘了介紹信，杉叔。」芝叮嚀了一句又走了。

「什麼介紹信？」少朗問。

「她要我替她同學寫幾封介紹信。」

「你還在和碧諦通信嗎？還有雷茵娜？」少朗仍是皺著眉頭。

「很少……」維杉又覺得窘到極點了。

星期三那天下午到天津的晚車裡，旭窗遇到維杉在頭等房間裡靠著抽菸，問他到哪裡去，維杉說回南，旭窗叫腳行將自己的皮包也放在這間房子裡說：「大暑天，怎麼倒不在北京？」

「我在北京，」維杉說，「感得，感得窘極了。」他看一看他拿出來拭汗的手絹，「窘極了！」

「窘極了？」旭窗此時看到賣報的過來，他問他要《大公報》看，便也沒有再問下去維杉為什麼在北京感著「窘極了」。

模影零篇

鍾綠

鍾綠是我記憶中第一個美人，因為一個人一生見不到幾個真正負得起「美人」這稱呼的人物，所以我對於鍾綠的記憶，珍惜得如和他人私藏一張名畫輕易不拿出來給人看，我也就輕易地不和人家講她。除非是一時什麼高興，使我大膽地，興奮地，告訴一個朋友，我如何如何地曾經一次看到真正的美人。

很小的時候，我常聽到一些紅顏薄命的故事，老早就印下這種迷信，好像美人一生總是不幸的居多。尤其是，最初叫我知道世界上有所謂美人的，就是一個身世極淒涼的年輕女子。她是我家親戚，家中傳統地認為一個最美的人。雖然她已死了多少年，說起她來，大家總還帶著那種感慨，也只有一個美人死後能使人起的那樣感慨。說起她，大家總都有一些美感的回憶。我孀娘常記起的是祖母出殯那天，這人穿著白衫來送殯。因為她是個已出嫁過的女子——其實她那時已孀居一年多——照我們鄉例，頭上纏著白頭帕。試想一個靜好如花的臉；一個長長窈窕的身材；一身的縞素；藉著人家傷痛的喪禮來哭她自己可憐的身世，怎不是一幅絕妙的圖畫！嬸娘說起她時，卻還不忘掉提到她的走路如何的有種特有豐神，哭時又如何的辛酸淒婉動人。我那時因為過小，記不起送殯那天看到這素服美人，事後為此不知惆悵了多少回。每當大家晚上閒坐談到這個人兒時，總害了我竭盡想像力，冥想到了夜深。

也許就是因為關於她，我實在記得不太清楚，僅憑一家人時時的傳說，所以這個親戚美人之為美人，也從未曾在我心裡疑問過。過了一些歲月，積漸地，我沒有小時候那般理想，事事都有一把懷疑，沙似的挾在裡面。我總愛說：絕代佳人，世界上不時總應該有一兩個，但是我自己親眼卻沒有看見過就是了。這句話直到我遇見了鍾綠之後才算是取消了，換了一句：我覺得僥倖，一生中沒有疑問地，真正地，見到一個美人。

我到美國××城進入××大學時，鍾綠已是離開那學校的舊學生，不過在校裡不到一個月的工夫，我就常聽到「鍾綠」這名字，老學生中間，每一提到校裡舊事，總要聯想到她。無疑的，她是他們中間最受崇拜的人物。

關於鍾綠的體面和她的為人及家世也有不少的神話。一個同學告訴我，鍾綠家裡本來如何的富有；又一個告訴我，她的父親是個如何漂亮的軍官，哪一年死去的；又一個告訴我，鍾綠多麼好看，脾氣又如何和人家不同。因為著戀愛，又有人告訴我，她和母親決絕了，自己獨立出來艱苦的半工半讀，多處流落，卻總是那麼傲慢、瀟灑，穿著得那麼漂亮動人。有人還說鍾綠母親是希臘人，是個音樂家，也長得非常好看，她常住在法國及義大利，所以鍾綠能通好幾國文字。常常的，更有人和我講了為著戀愛鍾綠，幾乎到發狂的許多青年的故事。總而言之，關於鍾綠的事我實在聽得多了，不過當時我聽著也只覺到平常，並不十分起勁。

故事中僅有兩樁，我卻記得非常清楚，深入印象，此後不自覺地便對鍾綠動了好奇心。

一樁是同系中最標緻的女同學講的。她說那一年學校開個盛大藝術的古裝表演，中間要用八個女子穿中世紀的尼姑服裝。她是監製部的總管，每件衣裳由圖案部發出，全由她找人比著裁剪，做好後再找人試服。有一晚，她出去晚飯回來稍遲，到了製衣室門口遇見一個製衣部裡人告訴她說，許多衣裳做好正找人試著時，可巧電燈壞了，大家正在到處找來洋蠟點上。

「你猜，」她接著說，「我推開門時看到了什麼？」

她喘口氣望著大家笑（聽故事的人那時已不止我一個），「你想，你想一間屋子裡，高高低低地點了好幾根蠟燭；各處射著影子；當中一張桌子上面，默默地，立著那麼一個鍾綠——美到令人不敢相信的中世紀小尼姑，眼微微地垂下，手中高高擎起一支點亮的長燭。簡單靜穆，直像一張宗教畫！拉著門環，我半天肅然，說不出一句話來！……等到人家笑聲震醒我時，我已經記下這個一輩子忘不了的印象。」

自從聽了這樁故事之後，鍾綠在我心裡便也開始有了根據，每次再聽到鍾綠的名字時，我腦子裡便浮起一張圖畫。隱隱約約地，看到那個古代年輕的尼姑，微微地垂下眼，擎著一支蠟走過。

第二次，我又得到一個對鍾綠依稀想像的背影，是由於一個男同學講的故事裡來的。這個臉色清癯的同學平常不愛說話，是個憂鬱深思的少年——聽說那個為著戀愛鍾綠，到南非洲去旅行不再回來的同學，就是他的同房好朋友。有一天雨下得很大，我與他同在畫室裡工作，天已經積漸地黑下來，雖然還不到點燈的時候，我收拾好東西坐在窗下看雨，忽然聽他說：「真奇怪，一到下大雨，我總想起鍾綠！」

「為什麼呢？」我倒有點好奇了。

「因為前年有一次大雨，」他也走到窗邊，坐下來望著窗外，「比今天這雨大多了，」他自言自語地瞇上眼睛，「天黑得可怕，許多人全在樓上畫圖，只有我和勃森站在樓下前門口檐底下抽菸。街上一個人沒有，樹讓雨打得像囚犯一樣，低頭搖曳。一種說不出來的黯淡和寂寞籠罩著整條沒生意的街道，和街道旁邊不作聲的一切。忽然間，我聽到背後門環響，門開了，一個人由我身邊溜過，一直下了臺階沖入大雨中走去……那是鍾綠……

「我認得是鍾綠的背影，那樣修長靈活，雖然她用了一塊折成三角形的綢巾蒙在她頭上，一隻手在項下抓緊了那綢巾的前面兩角，像個俄國村姑的打扮。勃森說鍾綠瘋了，我也忍不住要喊她回來。『鍾綠你回來聽我說！』」

「我好像求她那樣懇切，聽到聲，她居然在雨裡回過頭來望一望，看見是我，她仰著臉微微一笑，露出一排貝殼似的牙齒。」朋友說時回過頭對我笑了一笑，「你真想不到世上真有她那樣美的人！不管誰說什麼，我總忘不了在那狂風暴雨中，她那樣扭頭一笑，村姑似的包著三角的頭巾。」

這張圖畫有力地穿過我的意識，我望望雨又望望黑影籠罩的畫室。朋友叉著手，正經地又說：「我就喜歡鍾綠的一種淳樸，城市中的味道在她身上總那樣地不沾著她本身的天真！那一天，我那個熱情的同房朋友在樓窗上也發現了鍾綠在雨裡，像頑皮的村姑，沒有籠頭的野馬，便用勁地喊。鍾綠聽到，俯下身子一閃，立刻就跑了。上邊劈空的雷電，四圍紛披的狂雨，一會兒工夫她就消失在那水霧迷漫之中了……」

「奇怪，」他嘆口氣，「我總老記著這樁事，鍾綠在大風雨裡似乎是個很自然的回憶。」

聽完這段插話之後，我的想像中就又加了另一個隱約的鍾綠。

半年過去了，這半年中這個清癯的朋友和我比較的熟起，時常輕聲地來告訴我關於鍾綠的消息。她是輾轉地由一個城到另一個城，經驗不斷地跟在她腳邊，命運好似總不和她合作，許多事情都不暢意。

秋天的時候，有一天我這朋友拿來兩封鍾綠的來信給我看，筆跡秀勁流麗如見其人，我留下信細讀覺到它很有意思。那時我正初次在夏假中覓工，幾次在市城熙熙攘攘中長了見識，更是非常地同情於這流浪的鍾綠。

「所謂工業藝術你可曾領教過？」她信裡發出嘲笑「你從前常常苦心教我調顏色，一根一根地描出理想的線條，做什麼，你知道麼？……我想你絕不能猜到，兩三星期以來，我和十幾個本來都很活潑的女孩子，低下頭都畫一些什麼……你閉上眼睛，喘口氣，讓我告訴你！牆上的花紙，好朋友！你能相信麼？一束一束的粉紅玫瑰花由我們手中散下來，整朵的，半朵的——因為有人開了工廠專為製造這種的美麗！……

「不，不，為什麼我要臉紅？現在我們都是工業戰爭的鬥士——（多美麗的戰爭！）——並且你知道，各人有各人不同的報酬，花紙廠的主人今年新買了兩個別墅，我們前夜把晚飯減掉一點居然去聽音樂了，多謝那一束一束的玫瑰花……」

幽默地，幽默地她寫下去那樣頑皮的牢騷。又一封：

「……好了，這已經是秋天，謝謝上帝，人工的玫瑰也會凋零的。這回任何一束什麼花，我也決意不再製造了，那種逼迫人家眼睛墮落的差事，需要我所沒有的勇敢，我失敗了，不知道在心裡哪一部分也受點傷……」

「我到鄉村裡來了，這回是散布知識給村裡樸實的人！××書局派我來攬買賣，兒童的書，常識大全，我簡直帶著『知識』的樣本到處走。那可愛的老太太卻問我要最新烹調的書，工作到很瘦的婦人要城市生活的小說看——你知道那種穿著晚服去戀愛的城市浪漫！」

「我夜裡總找回一些矛盾的微笑回到屋裡。鄉間的老太太都是理想的母親，我生平沒有吃過更多的牛奶，睡過更軟的鴨絨被，原來手裡提著鋤頭的農人，都是這樣母親的溫柔給培養出來的力量。我愛他們那簡單的情緒和生活，好像日和夜，太陽和影子，農作和食睡，夫和婦，兒子和母親，幸福和辛苦都那樣均勻地放在天平的兩頭……」

「這農村的嫵媚，溪流樹蔭全合了我的意，你更想不到我屋後有個什麼寶貝？一口井，老老實實舊式的一口井，早晚我都出去替老太太打水。真的，這樣才是日子，雖然山邊沒有橄欖樹，晚上也缺個織布的機杼，不然什麼都回到我理想的已往裡去……」

「到井邊去汲水，你懂得那滋味嗎？天呀，我的衣裙讓風吹得鬆散，紅葉在我頭上飛旋，這是秋天，不瞎說，我到井邊去汲水去。回來時你看著我把水罐子扛在肩上次來！」

看完信，我心裡又來了一個古典的鍾綠。

約略是三月的時候，我的朋友手裡拿本書，到我桌邊來，問我看過沒有這本新出版的書，我由抽屜中也扯出一本叫他看。他笑了，說：「你知道這個作者就是鍾綠的情人。」

我高興地謝了他，我說：「現在我可明白了。」我又翻出書中幾行給他看，他看了一遍，放下書默誦了一回，說：「他是對的，他是對的，這個人實在很可愛，他們完全是了解的。」

此後又過了半個月光景。天氣漸漸地暖起來，我晚上在屋子裡讀書老是開著窗子，窗前一片草地隔著對面遠處城市的燈光車馬。有個晚上，很夜深了，我覺到冷，剛剛把窗子關上，卻聽到窗外有人叫我，接著有人拿沙子拋到玻璃上，我趕忙起來一看，原來草地上立著那個清癯的朋友，旁邊有個女人立在我的門前。朋友說：「你能不能下來，我們有椿事托你。」

我躡著腳下樓，開了門，在黑影模糊中聽我朋友說：「鍾綠，鍾綠她來到這裡，太晚沒有地方住，我想，或許你可以設法，明天一早她就要走的。」他又低聲向我說：

「我知道你一定願意認識她。」

這事真是來得非常突兀，聽到了那麼熟識，卻又是那麼神話的鍾綠，竟然意外地立在我的前邊，長長的身影穿著外衣，低低的半頂帽遮著半個臉，我什麼也看不清楚。我伸手和她握手，告訴她在校裡常聽到她。她笑聲地答應我說，希望她能使我失望，遠不如朋友所講的她那麼壞！

在黑夜裡，她的聲音像銀鈴一樣，輕輕地搖著，末後寬柔溫好，帶點迴響。她又轉身謝謝那個朋友，率真地攬住他的肩膀說：「百羅，你永遠是那麼可愛的一個人。」

她隨了我上樓梯，我只覺到奇怪，鍾綠在我心裡始終成個古典人物，她的實際的存在，在此時反覺得荒誕不可信。

我那時是個窮學生，和一個同學住一間不甚大的屋子，恰巧同房的那幾天回家去了。我還記得那晚上我在她的書桌上，開了她那盞非常得意的淺黃色燈，還用了我們兩人共用的大紅浴衣鋪在旁邊大椅上，預備看書時蓋在腿上當毯子享用。屋子的布置本來極簡單，我們曾用盡苦心把它收拾得還有幾分趣味：衣櫥的前面我們用一大幅黑色帶金線的舊錦掛上，上面懸著一副我朋友自己刻的金色美人面具，旁邊靠牆放兩架睡榻，罩著深黃的床幔和一些靠墊，兩榻中間隔著一個薄紗的東方式屏風。窗前一邊一張書桌，各人有個書架，幾件心愛的小古董。

整個房子的神氣還很舒適，顏色也帶點古黯神祕。鍾綠進房來，我就請她坐在我們唯一的大椅上，她把帽子外衣脫下，順手把大紅浴衣披在身上說：「你真能讓我獨占這房裡唯一的寶座嗎？」不知為什麼，聽到這話，我愣了一下，望著燈下披著紅衣的她。看她裡面本來穿的是一件古銅色衣裳，腰裡一根很寬的銅質軟帶，一邊臂上似乎套著兩三副細窄的銅鐲子，在那紅色浴衣掩映之中，黑色古錦之前，我只覺到她由臉至踵有種神韻，一種名貴的氣息和光彩，超出尋常所謂美貌或是漂亮。她的臉稍帶橢圓，眉目清揚，有點兒南歐曼達娜的味道；眼睛清棕色，雖然甚大，卻微微有點羞澀。她的頭、臉、耳、鼻、口唇、前頸和兩隻手，則都像雕刻過的形體！每一面和他一面交接得那樣清晰，又那樣柔和，讓光和影在上面活動著。

我的小銅壺裡本來燒著茶，我便倒出一杯遞給她。這回她卻愣了說：「真想不到這個時候有人給我茶喝，我這回真的走到中國了。」我笑了說：「百羅告訴我你喜歡到井裡汲水，好，我就喜歡泡茶。各人有她傳統的嗜好，不容易改掉。」就在那時候，她的兩唇微微地一抿，像朵花，由含苞到開放，毫無痕跡地輕輕地張開，露出那一排貝殼般的牙齒，我默默地在心裡說，我這一生總可以說真正的見過一個稱得起美人的人物了。

「你知道，」我說，「學校裡誰都喜歡說起你，你在我心裡簡直是個神話人物，不，簡直是古典人物；今天你的來，到現在我還信不過這事的實在性！」

她說：「一生裡的事大半都好像做夢。這兩年來我漂泊慣了，今天和明天的事多半是不相連續的多；本來現實本身就是一串不一定能連續而連續起來的荒誕。什麼事我現在都能相信得過，尤其是此刻，夜這麼晚，我把一個從來未曾遇見過的人的清靜打斷了，坐在她屋裡，喝她幾千里以外寄來的茶！」

那天晚上，她在我屋子裡不止喝了我的茶，並且在我的書架上搬弄了我的書，我的許多相片，問了我一大堆話，告訴我她有個朋友喜歡中國的詩——我知道那就是那青年作家，她的情人，可是我沒有問她。她就在我屋子中間小小燈光下愉悅地活動著，一會兒立在洛陽造像的墨拓前默了一會兒，停一刻又走過，用手指柔和地，順著那金色面具的輪廓上抹下來，她搬弄我桌上的唐陶俑和圖章。又問我壁上銅劍的銘文。純淨的型和線似乎都在引逗起她的興趣。

一會兒她倦了，無意中伸個懶腰，慢慢地將身上束的腰帶解下，自然地，活潑地，一件一件將自己的衣服脫下，裸露出她雕刻般驚人的美麗。我看著她耐性地，細緻地，解除臂上的銅鐲，又用刷子刷她細柔的頭髮，來回地走到浴室裡洗面又走出來。她的美當然不用講，我驚訝的是她所有舉動，全個體態，都是那樣的有個性，奏著韻律。我心裡想，自然舞蹈班中幾個美體的同學，和我們人體畫班中最得意的兩個模特兒，明蒂和蘇茜，她們的美實不過是些淺顯的柔和及妍麗而已，和鍾綠真無法比較得來。我忍不住興趣地直爽地笑對鍾綠說：「鍾綠你長得實在太美了，你自己知道嗎？」

她忽然轉過來看了我一眼，好脾氣地笑起來，坐到我床上。

「你知道你是個很古怪的小孩子嗎？」她伸手撫著我的頭後（那時我的頭是低著的，似乎倒有點難為情起來），「老實告訴你，當百羅告訴我，要我住在一個中國姑娘的房裡時，我倒有些害怕，我想著不知道我們要談多少孔夫子的道德，東方的政治；我怕我的行為或許會觸犯你們謹嚴的佛教！」

這次她說完，卻是我打個哈欠，倒在床上好笑。

她說：「你在這裡原來住得還真自由。」

我問她是否指此刻我們不拘束的行動講。我說那是因為時候到底是半夜了，房東太太在夢裡也無從干涉，其實她才是個極宗教的信徒，我平日極平常的畫稿，拿回家來還曾經驚著她的靦腆。男朋友從來只到過我樓梯底下的，就是在樓梯邊上坐著，到了十點半，她也一定咳嗽的。

鍾綠笑了說：「你的意思是從孔子廟到自由神中間並無多大距離！」

那時我睡在床上和她談天，屋子裡僅點一盞小燈。她披上睡衣，替我開了窗，才回到床上抱著膝蓋抽菸，在一小閃光底下，她努著嘴噴出一個一個的煙圈，我又疑心我在做夢。

「我頂希望有一天到中國來，」她說，手裡搬弄床前我的夾旗袍，「我還沒有看見東方的蓮花是什麼樣子。我頂愛坐帆船了。」

我說：「我和你約好了，過幾年你來，挑個山茶花開遍了的時節，我給你披上一件長袍，我一定請你坐我家鄉裡最浪漫的帆船。」

「如果是個月夜，我還可以替你彈一曲希臘的絃琴。」

「也許那時候你更願意死在你的愛人懷裡！如果你的他也來。」我逗著她。

她忽然很正經地卻用最柔和的聲音說：「我希望有這福氣。」

就這樣說笑著，我朦朧地睡去。

到天亮時，我覺得有人推我，睜開了眼，看她已經穿好了衣裳，收拾好皮包，俯身下來和我作別。

「再見了，好朋友，」她又淘氣地撫著我的頭，「就算你做個夢吧。現在你信不信昨夜答應過人，要請她坐帆船？」

可不就像一個夢，我瞇著兩隻眼，問她為何起得這樣早。她告訴我要趕六點十分的車到鄉下去，約略一個月後，或許回來，那時一定再來看我。她不讓我起來送她，無論如何要我答應她，等她一走就閉上眼睛再睡。

於是在天色微明中，我只再看到她歪著一頂帽子，倚在屏風旁邊嫵媚地一笑，便轉身走出去了。一個月以後，她沒有回來，其實等到一年半後，我離開××時，她也沒有再來過這城的。我和她的友誼就僅僅限於那麼一個短短的半夜，所以那天晚上是我第一次，也就是最末次，會見了鍾綠。但是即使以後我沒有再得到關於她的種種悲慘的消息，我也知道我是永遠不能忘記她的。

那個晚上以後，我又得到她的消息時，約在半年以後，百羅告訴我說：「鍾綠快要出嫁了。她這種的戀愛真能使人相信人生還有點意義，世界上還有一點美存在。這一對情人上禮拜堂去，的確要算上帝的榮耀。」

我好笑憂鬱的百羅說這種話，卻是私下裡也的確相信鍾綠披上長紗會是一個奇美的新娘。那時候我也很知道一點新郎的樣子和脾氣，並且由作品裡我更知道他留給鍾綠的情緒，私下裡很覺到鍾綠幸福。至於他們的結婚，我倒覺得很平凡；我不時嘆息，想像到鍾綠無條件地跟著自然規律走，慢慢地變成一個妻子，一個母親，漸漸離開她現在的樣子，變老，變醜，到了我們從她臉上，身上再也看不出她現在的雕刻般的奇蹟來。

誰知道事情偏不這樣的經過，鍾綠的愛人竟在結婚的前一星期驟然死去，聽說鍾綠那時正在試著嫁衣，得著電話沒有把衣服換下，便到醫院裡暈死過去在她未婚新郎的胸口上。當我得到這個消息時，鍾綠已經到法國去了兩個月，她的情人也已葬在他們本來要結婚的禮拜堂後面。

因為這消息，我卻時常想起鍾綠試裝中世紀尼姑的故事，有點兒迷信預兆。美人自古薄命的話，更好像有了憑據。但是最使我感慟的消息，還在此後兩年多。

當我回國以後，正在家鄉遊歷的時候，我接到百羅一封長信，我真是沒有想到鍾綠竟死在一條帆船上。關於這一點，我始終疑心這個場面，多少有點鍾綠自己的安排，並不見得完全出自偶然。那天晚上對著一江清流，茫茫暮靄，我獨立在岸邊山坡上，看無數小帆船順風飄過，忍不住淚下如雨，坐下哭了。

我耳朵裡似乎還聽見鍾綠銀鈴似的溫柔的聲音說：「就算你做個夢，現在你信不信昨夜答應過請人坐帆船？」

吉公

二三十年前，每一個老派頭舊家族的宅第裡面，竟可以是一個縮小的社會；內中居住著種種色色的人物，他們錯綜的性格，興趣，和瑣碎的活動，或屬於固定的，或屬於偶然的，常可以在同一個時間裡，展演如一部戲劇。

我的老家，如同當時其他許多家庭一樣，在現在看來，盡可以稱它做一個舊家族。那個並不甚大的宅子裡面，也自成一種社會縮影。我和許多小孩子既在那中間長大，也就習慣於裡面各種錯綜的安排和糾紛，像一條小魚在海灘邊生長，習慣於種種螺殼，蛤蜊，大魚，小魚，司空見慣，毫不以那種戲劇性的集聚為稀奇。但是事隔多年，有時反覆回味起來，當時的情景反倒十分迫近。眼裡顏色濃淡鮮晦，不但記憶浮沉馳騁，情感竟亦在不知不覺中重新伸縮，彷彿有所活動。

不過那大部的戲劇此刻卻並不在我念中，此刻吸引我回想的僅是那大部中一小部，那錯綜的人物中一個人物。

他是我們的舅公，這事實是經「大人們」指點給我們一群小孩子知道的。於是我們都叫他做「吉公」，並不疑問到這事實的確實性。但是大人們卻又在其他的時候裡，間接地或直接地，告訴我們，他並不是我們的舅公的許多話！凡屬於故事的話，當然都更能深入孩子的記憶裡，這舅公的來歷，就永遠地在我們心裡留下痕跡。

「吉公」是外曾祖母抱來的兒子。這故事一來就有些曲折，給孩子們許多想像的機會。外曾祖母本來自己是有個孩子的，據大人們所講，他是如何的聰明，如何的長得俊！可惜在他九歲的那年一個很熱的夏天裡，竟然「出了事」。故事是如此的：他和一個小朋友，玩著抬起一個舊式的大茶壺桶，嘴裡唱著土白的山歌，由供著神位的後廳抬到前面正廳裡去……（我們心裡在這裡立刻浮出一張鮮明的圖畫：兩個小孩子，赤著膊；穿著挑花大紅肚兜，抬著一個朱漆木桶；裡面裝著一個白錫鑲銅的大茶壺；多少兩的粗茶葉，泡得滾熱的）但是悲劇也就發生在這幅圖畫後面，外曾祖父手裡拿著一根旱煙管，由門後出來，無意中碰倒了一個孩子，事兒就壞了！那無可償補的悲劇，就此永遠嵌進那溫文儒雅讀書人的生命裡去。

這個吉公用不著說是抱來替代那慘死去的聰明孩子的。但這是又過了十年，外曾祖母已經老了，祖母已將出閣時候的事。講故事的誰也沒有提到吉公小時是如何長得聰明美麗的話。如果講到吉公小時的情形，且必用一點嘆息的口氣說起這吉公如何的頑皮，如何的不愛唸書，尤其是關於學問是如何的沒有興趣，長大起來，他也始終不能去參加他們認為光榮的考試。

就一種理論講，我們自己既在那裡讀書學做對子，聽到吉公不會這門事，在心理上對吉公發生了一點點輕視並不怎樣不合理。但是事實上我們不止對他的感情總是那麼柔和，時常且對他發生不少的驚訝和欽佩。

吉公住在一個跨院的舊樓上邊。不止在現時回想起來，那地方是個浪漫的去處，就是在當時，我們也未嘗不覺到那一曲小小的舊廊，上邊斜著吱吱啞啞的那麼一道危梯，是非常有趣味的。

我們的境界既被限制在一所四面有圍牆的宅子裡，那活潑的孩子心有時總不肯在單調的生活中磋磨過去，故必定竭力地，在那限制的範圍以內尋覓新鮮。在一片小小的地面上，我們認為最多變化，最有意思的，到底是人：凡是有人住的，無論哪一個小角落裡，似乎都藏著無數的奇異，我們對它便都感著極大興味。所以挑水老李住的兩間平房，遠在茶園子的後門邊，和退休的老陳媽所看守的廚房以外一排空房，在我們尋覓新鮮的活動中，或可以說長成的過程中，都是絕對必需的。吉公住的那小跨院的舊樓，則更不必說了。

在那樓上，我們所受的教育，所吸取的知識，許多確非負責我們教育的大人們所能想像得到的。隨便說吧，最主要的就有自鳴鐘的機輪的動作，世界地圖，油畫的外國軍隊軍艦，和照相技術的種種，但是最要緊的還是吉公這個人，他的生平，他的樣子，脾氣，他自己對於這些新知識的興趣。

吉公已是中年人了，但是對於種種新鮮事情的好奇，卻還活像個孩子。在許多人跟前，他被認為是個不讀書不上進的落魄者，所以在舉動上，在人前時，他便習慣於慚愧，謙卑，退讓，拘束的神情，唯獨回到他自己的舊樓上，他才恢復過來他種種生成的性格，與孩子們和藹天真地接觸。

在樓上他常快樂地發笑；有時為著玩弄小機器一類的東西，他還會帶著嘲笑似的，罵我們遲笨——在人前，這些便是絕不可能的事。用句現在極普通的語言講，吉公是個有「科學的興趣」的人，那個小小樓屋，便是他私人的實驗室。但在當時，吉公只是一個不喜歡做對子讀經書的落魄者，那小小角隅實是祖母用著布施式的仁慈和友愛的含忍，讓出來給他消磨無用的日月的。

夏天裡，約略在下午兩點的時候。那大小幾十口複雜的家庭裡，各人都能將他一份事情打發開來，騰出一點時光睡午覺。小孩們有的也被他們母親或看媽抓去橫睡在又熱又悶氣的床頭一角裡去。在這個時候，火似的太陽總顯得十分寂寞，無意義的罩著一個兩個空院；一處兩處洗晒的衣裳；剛開過飯的廚房；或無人用的水缸。在清靜中，喜鵲大膽地飛到地面上，像人似的來回走路，尋覓零食，花貓黃狗全都蜷成一團，在門檻旁把頭睡扁了似的不管事。

我喜歡這個時候，這種寂寞對於我有說不出的滋味。飯吃過，隨便在哪個蔭涼處待著，用不著同伴，我就可以尋出許多消遣來。起初我常常一人走進吉公的小跨院裡去，並不為的找吉公，只站在門洞裡吹穿堂風，或看那棵大柚子樹的樹蔭罩在我前面來回地搖晃。有一次我滿以為周圍只剩我一人的，忽然我發現廊下有個長長的人影，不覺一驚。順著人影偷著看去，我才知道是吉公一個人在那裡忙著一件東西。他看我走來便向我招手。

原來這時間也是吉公最寶貴的時候，不輕易拿來糟蹋在午睡上面。我和他的特殊的友誼便也建築在這點點同情上。他告我他私自學會了照相，家裡新買到一架照相機已交給他嘗試。夜裡，我是看見過的，他點盞紅燈，沖洗那種舊式玻璃底片，白日裡他一張一張耐性地晒電影，這還是第一次讓我遇到！那時他好脾氣地指點給我一個人看，且請我幫忙，兩次帶我上樓取東西。平常孩子們太多他沒有工夫講解的道理，此刻慢吞吞地也都和我講了一些。

吉公樓上的屋子是我們從來看不厭的，裡面東西實在是不少，老式鐘錶就有好幾個，都是親戚們托他修理的，有的是解散開來臥在一個盤子裡，等他一件一件再細心地湊在一起。桌上竟還放著一副千里鏡，牆上滿掛著許多很古怪翻印的油畫，有的是些外國皇族，最多還是有槍炮的普法戰爭的圖畫，和一些火車輪船的影片以及大小地圖。

「吉公，誰教你怎麼修理鐘的？」

吉公笑了笑，一點不驕傲，卻顯得更謙虛的樣子，努一下嘴，嘆口氣說：「誰也沒有教過吉公什麼！」

「這些機器也都是人造出來的，你知道！」他指著自鳴鐘，「誰要喜歡這些東西盡可拆開來看看，把它弄明白了。」

「要是拆開了還不大明白呢？」我問他。

他更沉思地嘆息了。

「你知道，吉公想大概外國有很多工廠教習所，教人做這種靈巧的機器，憑一個人的聰明一定不會做得這樣好。」說話時吉公帶著無限的悵惘。我卻沒有聽懂什麼工廠什麼教習所的話。

吉公又說：「我那天到城裡去看一個洋貨鋪裡面有個修理鐘錶的櫃臺，你說也真奇怪，那個人在那裡弄個鐘，許多地方還沒吉公明白呢！」

在這個時候，我以為吉公盡可以驕傲了，但是吉公的臉上此刻看去卻更慘淡，眼睛正望著壁上火輪船的油畫看。

「這些鐘錶實在還不算有意思。」他說，「吉公想到上海去看一次火輪船，那種大機器轉動起來夠多有趣？」

「偉叔不是坐著那麼一個上東洋去了嗎？」我說，「你等他回來問問他。」

吉公苦笑了：「傻孩子，偉叔是讀書人，他是出洋留學的，坐到一個火輪船上，也不到機器房裡去的，那裡都是粗的工人夥夫等管著。」

「那你呢？難道你就能跑到粗人夥夫的機器房裡去？」孩子們受了大人影響，懷疑到吉公的自尊心。

「吉公喜歡去學習，吉公不在乎那些個。」他笑了。看看我為他十分著急的樣子，忙把話轉變一點安慰我說：「在外國，能幹的人也有專管機器的，好比船上的船長吧，他就也得懂機器還懂地理。軍官吧，他就懂炮車裡機器，盡念古書不相干的，洋人比我們能幹，就為他們的機器……」

這次吉公講的話很多，我都聽不懂，但是我怕他發現我太小不明白他的話，以後不再要我幫忙，故此一直勉強聽下去，直到吉公記起廊下的相片，跳起來拉了我下樓。

又過了一些日子，吉公的照相頗博得一家人的稱讚，尤其是女人們喜歡得了不得。天好的時候，六孀娘找了幾位妯娌，請祖母和姑媽們去她院裡照相。六孀娘梳著油光的頭，眉目細細地，淡淡地畫在她的白皙臉上，就和她自己畫的蘭花一樣有幾分勉強。她的院裡有幾棵梅花，幾竿竹，一個月門，還有一堆假山，大家都認為可以入畫的景緻。但照相前，各人對於陳設的準備，也和吉公對於照相機底片等等的部署一般繁重。孀娘指揮丫頭玉珍，花匠老王，忙著擺茶几，安放細緻的水煙袋及茶杯。前面還要排著講究的盆花，然後兩旁列著幾張直背椅，各人按著輩分歲數個個坐成一個姿勢，有時還拉著一兩個孩子做襯托。

在這種時候，吉公的頭與手在他黑布與機器之間耐煩地周旋著。周旋到相當時間，他認為已經到達較完滿的程度，才把頭伸出觀望那被攝影的人眾。每次他有個新穎的提議，照相的人們也就有說有笑地起勁。這樣祖母便很驕傲起來，這是連孩子們都覺察得出的，雖然我們當時並未了解她的許多傷心。吉公呢，他的全副精神卻在那照相技術上邊，周圍的空氣，人情並不在他注意中。等到照相完了，他才微微地感到一種完成的暢適，興頭地掮著照相機，帶著一群孩子回去。

還有比這個嚴重的時候，如同年節或是老人們的生日，或宴客，吉公的照相職務便更為重要了。早上你到吉公屋裡去，便看得到厚厚的紅布黑布掛在窗上，裡麵點著小紅燈，吉公駝著背在黑暗中來往地工作。他那種興趣、勤勞和認真，現在回想起來，我相信如果他晚生了三十年，這個社會裡必定會有他一個結實的地位的。照相不過是他當時一個不得已的科學上活動，他對於其他機器的愛好，卻並不在照相以下。不過在實際上照相既有所貢獻於接濟他生活的人，他也只好安於這份工作了。

另一次我記得特別清楚，我那喜歡兵器、武藝的祖父，拿了許多所謂「洋槍」到吉公那裡，請他給揩擦上油。兩人坐在廊下談天，小孩子們也圍上去。吉公開一瓶橄欖油，扯點破布，來回地把玩那些我們認為頗神祕的洋槍，一邊議論著洋船、洋炮，及其他洋人做的事。

吉公所懂得的均是具體知識，他把槍支在手裡，開開這裡，動動那裡，演講一般指手畫腳講到機器的巧妙，由槍到炮，由炮到船，由船到火車，一件一件。祖父感到驚訝了，這已經相信維新的老人聽到吉公這許多話，相當地敬服起來，微笑凝神地在那裡點頭領教。大點的孩子也都聞所未聞地睜大了眼睛；我最深的印象便是那次是祖父對吉公非常愉悅的臉色。

祖父談到航海，說起他年輕的時候，極想到外國去，聽到某處招生學洋文，保送到外洋去，便設法想去投考。但是那時他已聘了祖母，丈人方面得到消息大大地不高興，竟以要求退婚要挾他把那不高尚的志趣打消。吉公聽了，黯淡地一笑，或者是想到了他自己年少時多少的夢，也曾被這同一個讀書人給毀掉了。

他們講到蘇伊士運河，吉公便高興地，同情地，把樓上地圖拿下來，由地理講到歷史，甲午呀，庚子呀，我都是在那時第一次聽到。我更記得平常不說話的吉公當日憤慨的議論，我為他不止一點的驕傲，雖然我不明白為什麼他的結論總回到機器上。

但是一年後吉公離開我們家，卻並不為著機器，而是出我們意料外的為著一個女人。

也許是因為吉公的照相相當地出了名，並且時常地出去照附近名勝風景，讓一些人知道了，就常有人來請他去照相。為著對於技術的興趣，他亦必定到人家去盡義務地為人照全家樂，或帶著朝珠補褂的單人留影。酬報則時常是些食品，果子。

有一次有人請他去，照相的卻是一位未曾出閣的姑娘，這位姑娘因在擇婿上稍稍經過點波折，故此她家裡對於她的親事常懷著悲觀。與吉公認識的是她堂房哥哥，照相的事是否這位哥哥故意的設施，家裡人後來議論得非常熱烈，我們也始終不得明瞭。要緊的是，事實上吉公對於這姑娘一家甚有好感，為著這姑娘的相片也頗盡了些職務；我不記得他是否在相片上設色，至少那姑娘的口唇上是抹了一小點胭脂的。

這事傳到祖母耳裡，這位相信家教謹嚴的女人便不大樂意。起前，她覺得一個未出閣的女子，相片交給一個沒有家室的男子手裡印洗，是不名譽不正當的。並且這女子既不是和我們同一省份，便是屬於「外江」人家的，事情尤其要謹慎。在這糾紛中，我才又得聽到關於吉公的一段人生悲劇。多少年前他是曾經娶過妻室的，一位年輕美貌的妻子，並且也生過一個孩子，卻在極短的時間內，母子兩人全都死去。這事除卻在吉公一人的心裡，這兩人的存在幾乎不在任何地方留下一點憑據。

現在這照相的姑娘是吉公生命裡的一個新轉變，在他單調的日月裡開出一條路來。不止在人情上吉公也和他人一樣需要異性的關心和安慰，就是在事業的野心上，這姑娘的家人也給吉公以不少的鼓勵，至少到上海去看火輪船的夢是有了相當的擔保，本來悠長沒有著落的日子，現在是驟然地點上希望。雖然在人前吉公仍是沉默，到了小院裡他卻開始愉快地散步；注意到柚子樹又開了花；晚上有沒有月亮；還買了幾條金魚養到缸裡。在樓上他也哼哼一點調子，把風景照片鑲成好看的框子，零整地拿出去託人代售。有時他還整理舊箱子；多少年他沒有心緒翻檢的破舊東西，現在有時也拿出來放在床上，椅背上，盡小孩子們好奇地問長問短，他也滿不在乎了。

忽然突兀地他把婚事決定了，也不得我祖母的同意，便把吉期選好，預備去入贅。祖母生氣到默不作聲，只退到女人家的眼淚裡去，嗚咽她對於這弟弟的一切失望。家裡人看到舅爺很不體面低，到外省人家去入贅，帶著一點箱籠什物，自然也有許多與祖母表同情的。但吉公則終於離開那所浪漫的樓屋，去另找他的生活了。

那布著柚子樹蔭的小跨院漸漸成為一個更寂寞的角隅，那道吱吱啞啞的木梯從此便沒有人上下，除卻小孩子們有時淘氣，上到一半又趕忙下來。現在想來，我不能不稱讚吉公當時那一點掙扎的活力，能不甘於一種平淡的現狀。那小樓只能塵封吉公過去不幸的影子，卻不能把他給活埋在裡邊。

吉公的行為既是叛離親族，在舊家庭裡許多人就不能容忍這種的不自尊。他婚後的行動，除了帶著新娘來拜過祖母外，其他事情便不聽到有人提起！似乎過了不久的時候，他也就到上海去，多少且與火輪船有關係。有一次我曾大膽地問過祖父，他似乎對於吉公是否在火輪船做事沒有多大興趣，完全忘掉他們一次很融洽的談話。在祖母生前，吉公也還有來信，但到她死後，就完全地渺然消失，不通音訊了。

兩年前我南下，回到幼年居住的城裡去，無意中遇到一位遠親，他告訴我吉公住在城中，境況非常富裕；子女四人，在各個學校裡讀書，對於科學都非常嗜好，尤其是內中一個，特別聰明，屢得學校獎金等等。於是我也老聲老氣地發出人事的感慨。如吉公自己生早了三四十年，我說，我希望他這個兒子所生的時代與環境合適於他的聰明，能給他以發展的機會不再復演他老子的悲劇。並且在生命的道上，我祝他早遇到同情的鼓勵，敏捷地達到他可能的成功。這得失且並不僅是吉公個人的，而可以計算做我們這老朽的國家的。

至於我會見到那六十歲的吉公，聽到他離開我們家以後一段奮鬥的歷史，這裡實沒有細講的必要，因為那中年以後，不經過訓練，自己思索出來的機器師，他的成就必定是有限的。縱使他有相當天賦的聰明，他亦不能與太不適當的環境搏鬥。由於愛好機器，他到輪船上做事，到碼頭公司裡任職，更進而獨立地創辦他的小規模絲織廠，這些全同他的照相一樣，僅成個實際上能博取物質勝利的小事業，對於他精神上超物質的興趣，已不能有所補助，有所啟發。年老了，當時的聰明一天天消失，所餘僅是一片和藹的平庸和空虛。認真地說，他仍是個失敗者。如果迷信點的話，相信上天或許要償補給吉公他一生的委屈，這下文的故事，就應該在他那個聰明孩子和我們這個時代上。但是我則仍然十分懷疑。

文珍

家裡在複雜情形下搬到另一個城市去，自己是多出來的一件行李。大約七歲，似乎已長大了，篁姊和家裡商量接我到她處住半年，我便被送過去了。

起初一切都是那麼模糊，重疊的一堆新印象亂在一處；老大的舊房子，不知有多少老老少少的人，樓，樓上幢幢的人影，嘈雜陌生的聲音，假山，繞著假山的水池，很講究的大盆子花，菜圃，大石井，紅紅綠綠小孩子，穿著很好看或粗糙的許多婦人，圍著四方桌打牌的，在空屋裡養蠶的，晒乾菜的，生活全是那麼混亂繁複和新奇。自己卻總是孤單，怯生，寂寞。積漸地在紛亂的週遭中，居然掙扎出一點頭緒，認到一個凝固的中心，在寂寞焦心或怯生時便設法尋求這個中心，抓緊它，旋繞著它，要求一個孩子所迫切需要的保護，溫暖，和慰安。

這凝固的中心便是一個約莫十七歲年齡的女孩子。她有個苗條身材，一根很黑的髮辮，紮著大紅絨繩；兩只靈活真叫人喜歡黑晶似的眼珠；和一雙白皙輕柔無所不會的手。她叫做文珍。人人都喊她文珍，不管是梳著油光頭的婦人，扶著拐杖的老太太，剛會走路的「孫少」，老媽子或門房裡人！

文珍隨著喊她的聲音轉，一會兒在樓上牌桌前張羅，一會兒下樓穿過廊子不見了，又一會兒是哪個孩子在後池釣魚，喊她去尋釣竿，或是另一個迫她到園角攀摘隔牆的還不熟透的桑葚。一天之中這紮著紅絨繩的髮辮到處可以看到，跟著便是那靈活的眼珠。本能的，我知道我尋著我所需要的中心，和駱駝在沙漠中望見綠洲一樣。清早上寂寞地踱出院子一邊望著銀紅陽光射在藤蘿葉上，一邊卻盼望著那紮著紅絨繩的辮子快點出現。湊巧她過來了；花布衫熨得平平的，就有補的地方，也總是剪成如意或桃子等好玩的式樣，雪白的襪子，青布的鞋，輕快地走著路，手裡持著一些老太太早上需要的東西，開水，臉盆或是水煙袋，看著我，她就和藹親切地笑笑：「怎麼不去吃稀飯？」

難為情地，我低下頭。

「好吧，我帶你去。盡怕生不行的呀！」

感激的我跟著她走。到了正廳後面（兩張八仙桌上已有許多人在吃早飯），她把東西放在一旁，攜著我的手到了中間桌邊，順便地喊聲：「五少奶，起得真早。」等五少奶轉過身來，便更柔聲地說：「小客人還在怕生呢，一個人在外邊吹著，也不進來吃稀飯！」於是把我放在五少奶旁邊方凳上，她自去大鍋裡盛碗稀飯，從桌心碟子裡挾出一把油炸花生，揀了一角有紅心的鹽雞蛋放在我面前，笑了一笑走去幾步，又回頭來，到我耳朵邊輕輕地說：「好好地吃，吃完了，找阿元玩去，他們早上都在後池邊看花匠做事，你也去。」或是：「到老太太后廊子找我，你看不看怎樣挾燕窩？」

紅絨髮辮暫時便消失了。

太陽熱起來，有天我在水亭子裡睡著了，睜開眼正是文珍過來把我拉起來，「不能睡，不能睡，這裡又是日頭又是風的，快給我進去喝點熱茶。」害怕的我跟著她去到小廚房，看著她拿開水沖茶，聽她嘴裡哼哼地唱著小調。篁姊走過看到我們便喊：「文珍，天這麼熱你把她帶到小廚房裡做什麼？」我當時真怕文珍生氣，文珍卻笑嘻嘻地：「三少奶奶，你這位妹妹真怕生，總是一個人悶著，今天又在水亭裡睡著了，你給她想想法子解解悶，這裡怪難為她的。」

篁姊看看我說：「怎麼不找那些孩子玩去？」我沒有答應出來，文珍在篁姊背後已對我擠了擠眼，我感激地便不響了。篁姊走去，文珍拉了我的手說：「不要緊，不找那些孩子玩時就來找我好了，我替你想想法子。你喜歡不喜歡拆舊衣衫？我給你一把小剪子，我教你。」

於是面對面，我們兩人有時便坐在樹蔭下拆舊衣，我不會時她就叫我幫助她拉著布，她一個人剪，一邊還跟我講故事。

指著大石井，她說：「文環比我大兩歲，長得頂好看了，好看的人沒有好命，更可憐！我的命也不好，可是我長得老實樣，沒有什麼人來欺侮我。」文環是跳井死的丫頭，這事發生在我未來這家以前，我就知道孩子們到了晚上，便互相逗著說文環的鬼常常在井邊來去。

「文環的鬼真來嗎？」我問文珍。

「這事你得問芳少爺去。」

我愣住不懂，文珍笑了：「小孩子還信鬼嗎？我告訴你，文環的死都是芳少爺不好，要是有鬼，她還不來找他算帳，我看，就沒有鬼，文環白死了！」我仍然沒有懂，文珍也不再往下講了，自己好像不勝感慨的樣子。

過一會她忽然說：「芳少爺講書倒講得頂好了，我替你出個主意，等他們早上講詩的時候，你也去聽。背詩挺有意思的，明天我帶你去聽。」

到了第二天她果然便帶了我到東書房去聽講詩。八九個孩子看到文珍進來，都看著芳哥的臉。文珍滿不在乎地坐下，芳哥臉上卻有點兩樣，故作鎮定地向著我說：「小的孩子，要聽可不準鬧。」我望望文珍，文珍抿緊了嘴不響，打開一個布包，把兩本唐詩放在我面前，輕輕地說：「我把書都給你帶來了。」

芳哥選了一些詩，叫大的背誦，又叫小的跟著念；又講李太白怎樣會喝酒的故事。文珍看我已經很高興地在聽下去，自己便輕腳輕手地走出去了。此後每天我學了一兩首新詩，到晚上就去找文珍背給她聽，背錯了她必提示我，每背出一首她還替我抄在一個本子裡——如此文珍便做了我的老師。

五月節中文珍裹的粽子好，做的香袋更是特別出色，許多人便托她做，有的送她緞面鞋料，有的給她舊布衣衫，她都一臉笑高興地接收了。有一天在她屋子裡玩，我看到她桌子上有個古怪的紙包；我問她裡邊是些什麼，她也很稀奇地說連她都不知道。我們兩人好奇地便一起打開看。原來裡邊裹著是一把精緻的摺扇，上面畫著兩三朵菊花，旁邊細細地寫著兩行詩。

「這可怪了，」她喊了起來，接著眼珠子一轉，彷彿想起什麼了，便輕聲地罵著，「鬼送來的！」

聽到鬼，我便聯想到文環，忽然恍然，有點明白這是誰送來的！我問她可是芳哥？她望著我看看，輕輕拍了我一下，好脾氣地說：「你這小孩子家好懂事，可是，」她轉了一個口吻，「小孩子家太懂事了，不好的。」過了一會兒，看我好像很難過，又笑逗著我：「好嬌氣，一句話都吃不下去！輕輕說你一句就值得撅著嘴這半天！以後怎做人家兒媳婦？」我羞紅了臉便和她鬧，半懂不懂地大聲念扇子上的詩。這下她可真急了，把扇子奪在手裡說：「你看我稀罕不稀罕爺們的東西！死了一個丫頭還不夠呀？」一邊說一邊狠狠地把扇子撕個粉碎，伏在床上哭起來了。

我從來沒有想到文珍會哭的，這一來我慌了手腳，爬在她背上搖她，一直到自己也哭了，她才回過頭來說：「好小姐，這是怎麼鬧的，快別這樣了。」替我擦乾了眼淚，又哄了我半天。一共做了兩個香包才把我送走。

在夏天有一個薄暮裡大家都出來到池邊乘涼看荷花，小孩子忙著在後園裡捉螢火蟲，我把文珍也拉去繞著假山竹林子走，一直到了那扇永遠鎖閉著的小門前邊。阿元說那邊住的一個人家是革命黨，我們都問革命黨是什麼樣子，要爬在假山上面望那邊看。文珍第一個上去，阿元接著我推上去。等到我的腳自己能立穩的時候，我才看到隔壁院裡一個剪髮的年輕人，仰著頭望著我們笑。文珍急著要下來，阿元卻正擋住她的去路。阿元上到山頂冒冒失失地便向著那人問：「喂，喂，我問你，你是不是革命黨呀？」那人皺一皺眉又笑了笑，問阿元敢不敢下去玩，文珍生氣了說阿元太頑皮，自己便先下去把我也接下去走了。

過了些時，我發現這革命黨鄰居已和阿元成了至交，時常請阿元由牆上過去玩，他自己也越牆過來和孩子們玩過一兩次。他是個東洋留學生，放暑假回家的，很自然地我注意到他注意文珍，可是一切事在我當時都是一片模糊，莫名其所以的。文珍一天事又那麼多，有時被孩子們糾纏不過，總躲了起來在樓上挑花做鞋去，輕易不見她到花園裡來玩的。

可是忽然間全家裡空氣突然緊張，大點的孩子被二少奶老太太傳去問話；我自己也被篁姊詢問過兩次關於小孩子們爬假山結交革命黨的事，但是每次我都咬定了不肯說有文珍在一起。在那種大家庭裡廝混了那麼久，我也積漸明白做丫頭是怎樣與我們不同，雖然我卻始終沒有看到文珍被打過。

經過這次事件以後，文珍漸漸變成沉默，沒有先前活潑了。多半時候都在正廳耳房一帶，老太太的房裡或是南樓上，看少奶奶們打牌。僅在篁姊生孩子時，晚上過來陪我剪花樣玩，幫我寫兩封家信。看她樣子好像很不高興。

中秋前幾天阿元過來，報告我說家裡要把文珍嫁出去，已經說妥了人家，一個做生意的，長街小錢莊裡管帳的，聽說文珍認得字，很願意娶她，一過中秋便要她過門。我一面心急文珍要嫁走，卻一面高興這事的新鮮和熱鬧。

「文珍要出嫁了！」這話在小孩子口裡相傳著。但是見到文珍我卻沒有勇氣問她。下意識地，我也覺到這樁事的不妙；一種黯淡的情緒籠罩在文珍要被嫁走的新聞上面。我記起文珍撕扇子那一天的哭，我記起我初認識她時她所講的文環的故事，這些記憶牽牽連連地放在一起，都似乎叫我非常不安。到後來我忍不住了，在中秋前兩夜大月亮和桂花香中看文珍正到我們天井外石階上坐著時，上去坐在她旁邊，無暇思索地問她：「文珍，你跟我說。你真要出嫁了嗎？」

文珍抬頭看看樹枝中間月亮：「她們要把我嫁了！」

「你願意嗎？」

「什麼願意不願意的，誰大了都得嫁不是？」

「我說是你願意嫁給那麼一個人家嗎？」

「為什麼不？反正這裡人家好，於我怎麼著？我還不是個丫頭，穿得不好，說我不愛體面，穿得整齊點，便說我閒話，說我好打扮，想男子！……說我……」

她不說下去，我也默然不知道說什麼。

「反正，」她接下去說，「丫頭小的時候可憐，好容易挨大了，又得遭難！不嫁老在那裡磨著，嫁了不知又該受些什麼罪！活該我自己命苦，生在凶年……親爹孃背了出來賣給人家！」

我以為她又哭了，她可不，忽然立了起來，上個小山坡，踮起腳來連連折下許多桂花枝，拿在手裡嗅著。

「我就嫁！」她笑著說，「她們給我說定了誰，我就嫁給誰！管它呢，命要不好，遇到一個醉漢打死了我，不更乾脆？反正，文環死在這井裡，我不能再在他們家上吊！這個那個都待我好，可是我可伺候夠了，誰的事我不做一堆？不待我好，難道還要打我？」

「文珍，誰打過你？」我問。

「好，文環不跳到井裡去了嗎，誰現在還打人？」她這樣回答，隨著把手裡桂花丟過一個牆頭，想了想，笑起來。我是完全的莫名其妙。

「現在我也大了，閒話該輪到我了，」她說了又笑，「隨他們說去，反正是個丫頭，我不怕！……我要跑就跑，跟賣布的，賣糖糕的，賣餛飩的，擔臭豆腐挑子沿街喊的，出了門就走了！誰管得了我？」她放聲地嘰嘰呱呱地大笑起來，兩隻手拿我的額髮辮著玩。

我看她高興，心裡舒服起來。尋常女孩子家自己不能提婚姻的事，她竟說要跟賣臭豆腐的跑了，我暗暗稀罕她說話的膽子，自己也跟說瘋話：「文珍，你跟賣餛飩的跑了，會不會生個小孩子也賣餛飩呀？」

文珍的臉忽然白下來，一聲不響。

××錢莊管帳的來拜節，有人一直領他到正院裡來，小孩們都看見了。

這人穿著一件藍長衫，罩一件青布馬褂，臉色烏黑，看去真像有了四十多歲，背還有點駝，指甲長長的，兩隻手老筒在袖裡，頑皮的大孩子們眼睛骨碌碌地看著他，口上都在輕輕地叫他新郎。

我知道文珍正在房中由窗格子裡可以看得見他，我就跑進去找尋，她卻轉到老太太床後拿東西，我跟著纏住，她總一聲不響。忽然她轉過頭來對我親熱地一笑，輕輕地，附在我耳後說：「我跟賣餛飩的去，生小孩，賣小餛飩給你吃！」說完撲哧地稍稍大聲點笑。我樂極了就跑出去。但所謂「新郎」卻已經走了，只聽說人還在外客廳旁邊喝茶，商談親事應用的茶禮，我也沒有再出去看。

此後幾天，我便常常發現文珍到花園裡去，可是幾次，我都找不著她，只有一次我看見她從假山後那小路回來。

「文珍你到哪裡去？」

她不答應我，僅僅將手裡許多雜花放在嘴邊嗅，拉著我到池邊去說替我打扮個新娘子，我不肯，她就回去了。

又過了些日子我家來人接我回去，晚上文珍過來到我房裡替篁姊收拾我的東西。看見房裡沒有人，她把洋油燈放低了一點，走到床邊來跟我說：「我以為我快要走了，現在倒是你先去，回家後可還記得起來文珍？」

我眼淚掛在滿臉，抽噎著說不出話來。

「不要緊，不要緊。」她說，「我到你家來看你。」

「真的嗎？」我伏在她肩上問。

「那誰知道！」

「你是不是要嫁給那錢莊管帳的？」

「我不知道。」

「你要嫁給他，一定變成一個有錢的人了，你真能來我家嗎？」

「我也不知道。」

我又哭了。文珍搖搖我，說：「哭沒有用的，我給你寫信好不好？」我點點頭，就躺下去睡。

回到家後我時常盼望著文珍的信，但是她沒有給我信。真的革命了，許多人都跑上海去住，篁姊來我們家說文珍在中秋節後快要出嫁以前逃跑了，始終沒有尋著。這消息聽到耳裡和雷響一樣，我說不出的牽掛，擔心她。我鼓起勇氣地問文珍是不是同一個賣餛飩的跑了，篁姊驚訝地問我：「她時常和賣餛飩的說話嗎？」

我搖搖頭說沒有。

「我看，」篁姊說，「還是和那革命黨跑的！」

一年以後，我還在每個革命畫冊裡想發現文珍的情人。文珍卻從沒有給我寫過一封信。

繡繡

因為時局，我的家暫時移居到××。對樓張家的洋房子樓下住著繡繡。那年繡繡十一歲，我十三。起先我們互相感覺到使彼此不自然，見面時便都先後紅起臉來，準備彼此迴避。但是每次總又同時彼此對望著，理會到對方有一種吸引力，使自己不容易立刻實行逃脫的舉動。於是在一個下午，我們便有意距離彼此不遠地一起在張家樓前，看許多人用舊衣舊鞋熱鬧地換碗。

還是繡繡聰明，害羞地由人叢中擠過去，指出一對美麗的小瓷碗給我看，用祕密親暱的小聲音告訴我她想到家裡去要一雙舊鞋來換。我興奮地望著她回家的背影，心裡漾起一團愉悅的期待。不到一會子工夫，我便又佩服又喜悅地參觀到繡繡和換碗的販子一段交易的喜劇，變成繡繡的好朋友。

那張小小的圖畫今天還頂溫柔地掛在我的胸口。這些年了，我仍能見到繡繡的兩條髮辮繫著大紅絨繩，睜著亮亮的眼，抿緊著嘴，邊走邊跳地過來，一隻背在後面的手裡提著一雙舊鞋。挑賣瓷器的販子口裡銜著旱煙，像一個高大的黑影，籠罩在那兩簇美麗得和雲一般各色瓷器的擔子上面！一些好奇的人都伸過頭來看。「這麼一點點小孩子的鞋，誰要？」販子堅硬的口氣由旱煙管的斜角裡呼出來。

「這是一雙皮鞋，還新著呢！」繡繡撫愛地望著她手裡舊皮鞋。那雙鞋無疑地曾經一度給過繡繡許多可驕傲的體面。鞋面有兩道鞋扣。換碗的販子終於被繡繡說服，取下口裡旱煙扣在灰布腰帶上，把鞋子接到手中去端詳。繡繡知道這機會不應該失落。也就很快地將兩只渴慕了許多時候的小花碗捧到她手裡。但是鷹爪似的販子的一隻手早又伸了過來，將繡繡手裡夢一般美滿的兩只小碗仍然收了回去。繡繡沒有話說，仰著緋紅的臉，眼睛潮潤著失望的光。

我聽見後面有了許多嘲笑的聲音，感到繡繡孤立的形勢和她周圍一些侮辱的壓迫，不覺起了一種不平。「你不能欺侮她小！」我聽到自己的聲音威風地在販子的肋下響，「能換就換換，不能換，就把皮鞋還給她！」販子沒有理我，也不去理繡繡，忙碌地和別人交易，小皮鞋也還夾在他手裡。

「換了吧老李，換了吧，人家一個孩子。」人群中忽有個老年好事的人發出含笑慈祥的聲音。「倚老賣老」地他將擔子裡那兩只小碗重新撿出交給繡繡跟我：「哪，你們兩個孩子拿著這兩只碗快走吧！」我驚訝地接到一隻碗，不知所措。繡繡卻挨過親熱的小臉扯著我的袖子，高興地笑著示意叫我和她一塊兒擠出人堆來。那老人或不知道，他那時塞到我們手裡的不只是兩只碗，並且是一把鮮美的友誼。

自此以後，我們的往來一天比一天親密。早上我伴繡繡到西街口小爐裡買點零星東西。繡繡是有任務的，她到店裡所買的東西都是油鹽醬醋，她媽媽那一天做飯所必需的物品，當我看到她在店裡非常熟識地要她的貨物了，從容地付出或找入零碎銅圓和吊票時，我總是暗暗地佩服她的能幹，羨慕她的經驗。最使我驚異的則是她媽媽所給我的印象。黃瘦的，那媽媽是個極懦弱無能的女人，因為帶著病，她的脾氣似乎非常暴躁。種種的事她都指使著繡繡去做，卻又無時無刻不咕嚕著，教訓著她的孩子。

起初我以為繡繡沒有爹，不久我就知道原來繡繡的父親是個很闊綽的人物。他姓徐，人家叫他徐大爺，和當時許多父親一樣，他另有家眷住在別一處的。繡繡和她媽母女兩人早就寄住在這張家親戚樓下兩小間屋子裡，好像被忘記了的孤寡。繡繡告訴我，她曾到過她爹爹的家，那還是她那新姨娘沒有生小孩以前，她媽叫她去和爹要一點錢，繡繡說時臉紅了起來，頭低了下去，掙扎著心裡各種的羞憤和不平。我沒有敢說話，繡繡隨著也就忘掉了那不愉快的方面，抬起頭來告訴我，她爹家裡有個大洋狗非常的好，「爹爹叫它坐下，它就坐下。」還有一架洋鐘，繡繡也不能夠忘掉「鐘上面有個門」，繡繡眼裡亮起來，「到了鐘點，門會打開，裡面跳出一隻鳥來，幾點鐘便叫了幾次。」「那是——那是爹爹買給姨娘的。」繡繡又偷偷告訴了我。

「我還記得有一次我爹爹抱過我呢。」繡繡說，她常跟我講點過去的事情。「那時候，我還頂小，很不懂事，就鬧著要下地，我想那次我爹一定很不高興的！」繡繡追悔地感到自己的不好，惋惜著曾經領略過又失落了的一點點父親的愛。「那時候，你太小了當然不懂事。」我安慰著她。「可是……那一次我到爹家裡去時，又弄得他不高興呢！」繡繡心裡為了這樁事，大概已不止一次地追想難過著，「那天我要走的時候，」她重新說下去，「爹爹翻開抽屜問姨娘有什麼好玩意兒給我玩，我看姨娘沒有答應，怕她不高興便說，我什麼也不要，爹聽見就很生氣把抽屜關上，說：不要就算了！」——這裡繡繡本來清脆的聲音顯然有點啞，「等我再想說話，爹已經起來把給媽的錢交給我，還說，你告訴她，有病就去醫，自己亂吃藥，明日吃死了我不管！」

這次繡繡傷心地對我訴說著委屈，輕輕抽噎著哭，一直坐在我們後院子門檻上玩，到天黑了才慢慢地踱回家去，背影消失在張家灰黯的樓下。

夏天熱起來，我們常常請繡繡過來喝汽水，吃藕，吃西瓜。娘把我太短了的花布衫送給繡繡穿，她活潑地在我們家裡玩，幫著大家摘菜，做涼粉，削果子做甜醬，聽國文先生講書，講故事。她的媽則永遠坐在自己窗口裡，搖著一把蒲扇，不時顫聲地喊：「繡繡！繡繡！」底下咕嚕著一些埋怨她不回家的話，「……和她父親一樣，家裡總坐不住！」

有一天，天將黑的時候，繡繡說她肚子痛，匆匆跑回家去。到了吃夜飯時候，張家老媽到了我們廚房裡說，繡繡那孩子病得很，她媽不會請大夫，急得只坐在床前哭。我家裡人聽見了就叫老陳媽過去看繡繡，帶著一劑什麼急救散。我偷偷跟在老陳媽後面，也到繡繡屋子去看她。我看到我的小朋友臉色蒼白地在一張木床上呻吟著，屋子在那黑夜小燈光下悶熱的暑天裡，顯得更淩亂不堪。那黃病的媽媽除卻交叉著兩隻手發抖地在床邊敲著，不時呼喚繡繡外，也不會為孩子預備一點什麼值當的東西。大個子的蚊子咬著孩子的腿和手臂，大粒子汗由孩子額角沁出流到頭髮旁邊。老陳媽慌張前後地轉，拍著繡繡的背，又問徐大奶奶——繡繡的媽——要開水，要藥鍋煎藥。我偷個機會輕輕溜到繡繡床邊叫她，繡繡聽到聲音還勉強地睜開眼睛看看我做了一個微笑，吃力地低聲說：「蚊香……在屋角……勞駕你給點一根……」她顯然習慣於母親的無用。

「人還清楚！」老陳媽放心去熬藥。這邊徐大媽媽咕嚕著，「告訴你過人家的汽水少喝！果子也不好，我們沒有那命吃那個……偏不聽話，這可招了禍！……你完了小冤家，我的老命也就不要了……」繡繡在呻吟中間顯然還在哭辯著：「哪裡是那些，媽……今早上……我渴，喝了許多泉水。」

家裡派人把我拉回去。我記得那一夜我沒得好睡，惦記著繡繡，做著種種可怕的夢。繡繡病了差不多一個月，到如今我也不知道到底患的什麼病，他們請過兩次不同的大夫，每次買過許多雜藥。她媽天天給她稀飯吃。正式的醫藥沒有，營養更是等於零的。

因為繡繡的病，她媽媽埋怨過我們，所以她病裡誰也不敢送吃的給她。到她病將愈的時候，我天天只送點兒童畫報一類的東西去給她玩。

病後，繡繡那靈活的臉上失掉所有的顏色，更顯得異樣溫柔，差不多超塵的潔淨，美得好像畫裡的童神一般，聲音也非常脆弱動聽，牽得人心裡不能不漾起憐愛。

但是以後我常常想到上帝不仁的擺布，把這麼美好敏感，能叫人愛的孩子虐待在那麼一個環境裡，明明父母雙全的孩子，卻那樣伶仃孤苦，使她比失卻怙恃更孑孑無所依附。當然我自己除卻給她一點童年的友誼，做個短時期的遊伴以外，毫無其他能力護助著這孩子和她的運命搏鬥。

她父親在她病裡曾到她們那裡看過她一趟，停留了一個極短的時間。但他因為不堪忍受繡繡媽的一堆存積下的埋怨，他還發氣狠心地把她們母女反申斥了，教訓了，也可以說是辱罵了一頓。悻悻地他留下一點錢就自己走掉，聲明以後再也不來看她們了。

我知道繡繡私下曾希望又希望著她爹去看她們，每次結果都是出了她孩子打算以外的不圓滿。這使她很痛苦。這一次她忍耐不住了，她大膽地埋怨起她的媽：「媽媽，都是你這樣子鬧，所以爹氣走了，趕明日他再也不來了！」其實繡繡心裡同時也在痛苦著埋怨她爹。她有一次就輕聲地告訴過我：「爹爹也太狠心了，媽媽雖然有脾氣，她實在很苦的，她是有病。你知道她生過六個孩子，只剩我一個女的，從前，她常常一個人在夜裡哭她死掉的孩子，日中老是做活計，樣子同現在很兩樣，脾氣也很好的。」但是繡繡雖然告訴過我——她的朋友——她的心緒，對她母親的同情，徐大奶奶都只聽到繡繡對她一時氣憤的埋怨，因此便借題發揮起來，誇張著自己的委屈，向女兒哭鬧，謾罵。

那天張家有人聽得不過意了，進去干涉，這一來，更觸動了徐大奶奶的歇斯塔爾利亞的脾氣，索性氣結地坐在地上狠命地咬牙捶胸，瘋狂似的大哭。等到我也得到消息過去看她們時，繡繡已哭到眼睛紅腫，蜷伏在床上一個角裡抽搐得像個可憐的迷路的孩子。左右一些鄰居都好奇，好事地進去看她們。我聽到出來的人議論著她們事說：「徐大爺前月生個男孩子。前幾天替孩子做滿月辦了好幾桌席，徐大奶奶本來就氣得幾天沒有吃好飯，今天大爺來又說了她和繡繡一頓，她更恨透了，巴不得和那個新的人拚命去！湊巧繡繡還護著爹，倒怨起媽來，你想，她可不就氣瘋了，拿孩子來出氣嗎？」我還聽見有人為繡繡不平，又有人說：「這都是孽債，繡繡那孩子，前世裡該了他們什麼吧？怪可憐的，那點點年紀，整天這樣挨著。你看她這場病也會不死？這不是該他們什麼還沒有還清嗎？！」

繡繡的環境一天不如一天，的確好像有孽債似的，她媽的暴躁比以前更迅速地加增，雖然她對繡繡的病不曾有效地維護調攝，為著憂慮女兒的身體那煩惱的事實卻增進她的衰弱愣忡的症候，變成一個極易受刺激的婦人。為著一點點事，她就得狂暴地罵繡繡。有幾次簡直無理地打起孩子來。樓上張家不勝其煩，常常干涉著，因之又引起許多不愉快的口角，給和平的繡繡更多不方便和為難。

我自認已不迷信的了，但是人家說繡繡似來還孽債的話，卻偏偏深深印在我腦子裡，讓我回味又回味著，不使我擺脫開那裡所隱示的果報輪迴之說。讀過《聊齋志異》和《西遊記》的小孩子的腦子裡，本來就裝著許多荒唐的幻想的，無意的迷信的話聽了進去便很自然發生了相當影響。此後不多時候我竟暗向繡繡談起觀音菩薩的神通來。兩人背著人描下柳枝觀音的像夾在書裡，又常常在後院向西邊虔敬地做了一些滑稽的參拜，或燒幾炷家裡的蚊香。我並且還教導繡繡暗中臨時念「阿彌陀佛，救苦救難觀世音菩薩」，告訴她那可以解脫突來的災難。病得瘦白柔馴，乖巧可人的繡繡，於是真的常常天真地雙垂著眼，讓長長睫毛美麗地覆在臉上，合著小小手掌，虔意地喃喃向著傳說能救苦的觀音祈求一些小孩子的奢望。

「可是，小姊姊，還有耶穌呢？」有一天她突然感覺到她所信任的神明問題有點兒蹊蹺，我們兩人都是進過教會學校的——我們所受的教育，和當時許多小孩子一樣本是矛盾的。

「對了，還有耶穌！」我呆然，無法給她合理的答案。

神明本身既發生了問題，神明自有公道慈悲等說也就跟著動搖了。但是一個漂泊不得於父母的寂寞孩子顯然需要可皈依的主宰的，所以據我所知道，後來觀音和耶穌竟是同時莊嚴地在繡繡心裡受她不斷地敬禮！

這樣日子漸漸過去，天涼快下來，繡繡已經又被指使著去臨近小店裡採辦雜物，單薄的後影在早晨涼風中搖曳著，已不似初夏時活潑。看到人總是含羞地說什麼話，除卻過來找我一起出街外，也不常到我們這邊玩了。

突然地有一天早晨，張家樓下發出異樣緊張的聲浪，徐大奶奶在哭泣中銳聲氣憤地在罵著，訴著，喘著，與這銳聲相間而發的有沉重的發怒的男子口音。事情顯然嚴重。藉著小孩子身分，我飛奔過去找繡繡。張家樓前停著一輛講究的家車，徐大奶奶房間的門開著一線，張家樓上所有的僕人，廚役，打雜和老媽，全在過道處來回穿行，好奇地聽著熱鬧。屋內秩序比尋常還要紊亂，剛買回來的肉在荷葉上挺著，一把蔬菜萎靡得像一把草，搭在桌沿上，放出灶邊或菜市裡那種特有氣味，一堆碗箸，用過的和未用的，全在一個水盆邊放著。牆上美人牌香菸的月份牌已讓人碰得在歪斜裡懸著。最奇怪的是那屋子裡從來未有過的雪茄煙的氣氛。徐大爺坐在東邊木床上，緊緊鎖著眉，怒容滿面，口裡銜著煙，故作從容地抽著，徐大奶奶由鄰居裡一個老太婆和一個小腳老媽子按在一張舊籐椅上還斷續底顫聲地哭著。

當我進門時，繡繡也正拉著樓上張太太的手進來，看見我頭低了下去，眼淚顯然湧出，就用手背去擦著已經揉得紅腫的眼皮。

徐大奶奶見到人進來就銳聲地申訴起來。她向著樓上張太太：「三奶奶，你聽聽我們大爺說的沒有理的話！……我就有這麼半條老命，也不能平白讓他們給弄死！我熬了這二十多年，現在難道就這樣子把我攆出去？人得有個天理呀！……我打十七歲來到他家，公婆面上什麼沒有受過，挨過……」

張太太望望徐大爺，繡繡也睜著大眼睛望著她的爹，大爺先只是抽著煙嚴肅地冷酷地不作聲。後來忽然立起來，指著繡繡的臉，憤怒地做個強硬的姿勢說：「我告訴你，不必說那許多廢話，無論如何，你今天非把家裡那些地契拿出來交還我不可……這真是豈有此理！荒唐之至！老家裡的田產地契也歸你管了，這還成什麼話！」

夫婦兩人接著都有許多駁難的話；大奶奶怨著丈夫遺棄，扣她錢，不顧舊情，另有所戀，不管她和孩子兩人的生活，在外和那女人浪費。大爺說他妻子，不識大體，不會做人，他沒有法子改良她，他只好提另再娶能溫順著他的女人另外過活，堅不承認有何虐待大奶奶處。提到地契，兩人各據理由爭執，一個說是那一點該是她老年過活的憑藉，一個說是祖傳家產不能由她做主分配。相持到吃中飯時分，大爺的態度愈變愈強硬，大奶奶卻喘成一團，由瘋狂地哭鬧，變成無可奈何地啜泣。別人已漸漸退出。

直到我被家裡人連催著回去吃飯時，繡繡始終只緘默地坐在角落裡，由無望地伴守著兩個互相仇視的父母，聽著樓上張太太的幾次清醒的公平話，尤其關於繡繡自己的地方。張太太說的要點是他們夫婦兩人應該看繡繡面上，不要過於固執。她說：「那孩子近來病得很弱。」又說，「大奶奶要留著一點點也是想到將來的事，女孩子長大起來還得出嫁，你不能不給她預備點。」她又說：「我看繡繡很聰明，下季就不進學，開春也應該讓她去補習點書。」她又向大爺提議：「我看以後大爺每月再給繡繡籌點學費，這年頭女孩不能老不上學盡在家裡做雜務的。」

這些中間人的好話到了那生氣的兩個人耳裡，好像更變成一種刺激，大奶奶聽到時只是冷諷著：「人家有了兒子了，還顧了什麼女兒！」大爺卻說：「我就給她學費，她那小氣的媽也不見得送她去讀書呀？」大奶奶更感到冤枉了：「是我不讓她讀書嗎？你自己不說過：女孩子不用讀那麼些書嗎？」

無論如何，那兩人固執著偏見，急迫只顧發泄兩人對彼此的仇恨，誰也無心用理性來為自己的糾紛尋個解決的途徑，更說不到顧慮到繡繡的一切。那時我對繡繡的父母兩人都恨透了，恨不得要和他們說理，把我所看到各種的情形全盤不平地傾吐出來，叫他們醒悟，乃至於使他們悔過，卻始終因自己年紀太小，他們情形太嚴重，拿不起力量，懦弱地抑制下來。但是當我咬著牙毒恨他們時，我偶然回頭看到我的小朋友就坐在那裡，眼睛無可奈何地向著一面，無目地愣著，忽然使我起一種很奇怪的感覺。我悟到此刻在我看去無疑問的兩個可憎可恨的人，卻是那溫柔和平繡繡的父母。我很明白即使繡繡此刻也有點恨他們，但是蒂結在繡繡溫婉的心底的，對這兩人到底仍是那不可思議的深愛！

我在惘惘中回家去吃飯，飯後等不到大家散去，我就又溜回張家樓下。這次出我意料以外地，繡繡房前是一片肅靜。外面風颳得很大，樹葉和塵土由甬道裡捲過，我輕輕推門進去，屋裡的情形使我不禁大吃一驚，幾乎失聲喊出來！方才所有放在桌上木架上的東西，現在一起打得粉碎，扔散在地面上……大爺和大奶奶顯然已都不在那裡，屋裡既無啜泣，也沒有沉重的氣憤的申斥聲，所餘僅剩蒼白的繡繡，抱著破碎的想望，無限的傷心，坐在老媽子身邊。雪茄煙氣息尚香馨地籠罩在這一幅慘淡滑稽的畫景上面。

「繡繡，這是怎麼了？」繡繡的眼眶一紅，勉強調了一下哽咽的嗓子：「媽媽不給那——那地契，爹氣了就動手扔東西，後來……他們就要打起來，隔壁大媽給勸住，爹就氣著走了……媽讓他們挾到樓上『三阿媽』那裡去了。」

小腳老媽開始用掃帚把地上碎片收拾起來。

忽然在許多零亂中間，我見到一些花瓷器的殘體，我急急拉過繡繡，兩人一同俯身去檢驗。

「繡繡！」我叫起來，「這不是你那兩只小瓷碗？也……讓你爹砸了嗎？」

繡繡淚汪汪地點點頭，沒有答應，雲似的兩簇花瓷器的擔子和初夏的景緻又飄過我心頭，我捏著繡繡的手，也就默然。外面秋風搖撼著樓前的破百葉窗，兩個人看著小腳老媽子將那美麗的屍骸和其他茶壺粗碗的碎片，帶著茶葉剩菜，一起送入一個舊簸箕裡，葬在塵垢中間。

這世界上許多糾紛使我們孩子的心很迷惑——那年繡繡十一，我十三。終於在那年的冬天，繡繡的迷惑終止在一個初落雪的清早裡。張家樓房背後那一道河水，凍著薄薄的冰，到了中午陽光隔著層層的霧慘白地射在上面，繡繡已不用再縮著脖頸，順著那條路，迎著冷風到那裡去了！無意地她卻把她的迷惑留在我心裡，飄忽於張家樓前和小店中間直到今日。

你是人間的四月天（詩歌卷）

你是一樹一樹的花開，是燕在梁間呢喃——你是愛，是暖，是希望，你是人間的四月天！

你是人間的四月天——一句愛的讚頌

我說你是人間的四月天；
笑響點亮了四面風；
輕靈在春的光豔中交舞著變。
你是四月早天裡的雲煙，
黃昏吹著風的軟，
星子在無意中閃，
細雨點灑在花前。
那輕，那娉婷，你是，
鮮妍百花的冠冕你戴著，
你是天真，莊嚴，你是夜夜的月圓。
雪化後那片鵝黃，你像；
新鮮初放芽的綠，你是；
柔嫩喜悅，水光浮動著你夢期待中白蓮。

你是一樹一樹的花開，
是燕在梁間呢喃——你是愛，是暖，
是希望，
你是人間的四月天！

「誰愛這不息的變幻」

誰愛這不息的變幻，她的行徑？
催一陣急雨，抹一天雲霞，月亮，
星光，日影，在在都是她的花樣，
更不容峰巒與江海偷一刻安定。
驕傲的，她奉著那荒唐的使命：
看花放蕊樹凋零，嬌娃做了娘；
叫河流凝成冰雪，天地變了相；

都市喧譁，再寂成廣漠的夜靜！
雖說千萬年在她掌握中操縱，
她不曾遺忘一絲毫髮的卑微。
難怪她笑永恆是人們造的謊，
來撫慰戀愛的消失，死亡的痛。
但誰又能參透這幻化的輪迴，
誰又大膽的愛過這偉大的變幻？

蓮燈

如果我的心是一朵蓮花，
正中擎出一支點亮的蠟，
熒熒雖則單是那一剪光，
我也要它驕傲的捧出輝煌。

不怕它只是我個人的蓮燈，
照不見前後崎嶇的人生——
浮沉它依附著人海的浪濤
明暗自成了它內心的祕奧。
單是那光一閃花一朵——
像一葉輕舸駛出了江河——
宛轉它飄隨命運的波湧
等候那陣陣風向遠處推送。
算做一次過客在宇宙裡，
認識這玲瓏的生從容的死，
這飄忽的途程也就是個——
也就是個美麗美麗的夢。

那一晚

那一晚我的船推出了河心，
澄藍的天上托著密密的星。
那一晚你的手牽著我的手，
迷惘的星夜封鎖起重愁。
那一晚你和我分定了方向，
兩人各認取個生活的模樣。
到如今我的船仍然在海面飄，
細弱的桅杆常在風濤裡搖。
到如今太陽只在我背後徘徊，
層層的陰影留守在我周圍。
到如今我還記著那一晚的天，
星光、眼淚、白茫茫的江邊！
到如今我還想念你岸上的耕種：

紅花兒黃花兒朵朵的生動。
那一天我希望要走到了頂層，
蜜一般釀出那記憶的滋潤。
那一天我要挎上帶羽翼的箭，
望著你花園裡射一個滿弦。
那一天你要聽到鳥般的歌唱，
那便是我靜候著你的讚賞。
那一天你要看到零亂的花影，
那便是我私闖入當年的邊境！

笑

笑的是她的眼睛，口唇，
和唇邊渾圓的漩渦。
豔麗如同露珠，
朵朵的笑向貝齒的閃光裡躲。
那是笑——神的笑，美的笑：
水的映影，風的輕歌。

笑的是她惺忪的鬈髮，
散亂的挨著她耳朵。
輕軟如同花影，
癢癢的甜蜜湧進了你的心窩。
那是笑——詩的笑，畫的笑：
雲的留痕，浪的柔波。

深夜裡聽到樂聲

這一定又是你的手指，
輕彈著，
在這深夜，稠密的悲思。
我不禁頰邊泛上了紅，
靜聽著，
這深夜裡弦子的生動。
一聲聽從我心底穿過，
忒淒涼，
我懂得，但我怎能應和？
生命早描定她的式樣，
太薄弱，
是人們的美麗的想像。
除非在夢裡有這麼一天，

你和我，
一起來攀動那根希望的弦。

情願

我情願化成一片落葉，
讓風吹雨打到處飄零；
或流雲一朵，在澄藍天，
和大地再沒有些牽連。
但抱緊那傷心的標誌，
去觸遇沒著落的悵惘；
在黃昏，夜半，躡著腳走，
全是空虛，再莫有溫柔；
忘掉曾有這世界；有你；

哀悼誰又曾有過愛戀；
落花似的落盡，
忘了去這些個淚點裡的情緒。
到那天一切都不存留，
比一閃光，一息風更少痕跡，
你也要忘掉了我，
曾經在這世界裡活過。

仍然

你舒伸得像一湖水向著晴空裡白雲，
又像是一流冷澗，
澄清許我循著林岸窮究你的泉源：
我卻仍然懷抱著百般的疑心，
對你的每一個映影！
你展開像個千瓣的花朵！
鮮妍是你的每一瓣，更有芳沁，

那溫存襲人的花氣，伴著晚涼：
我說花兒，這正是春的捉弄人，
來偷取人們的痴情！
你又學葉葉的書篇隨風吹展，
揭示你的每一個深思；每一角心境，
你的眼睛望著，我，不斷地在說話：
我卻仍然沒有回答，
一片的沉靜永遠守住我的魂靈。

激昂

我要借這一時的豪放和從容，
靈魂清醒地再喝一泉甘甜的鮮露，
來揮動思想的利劍，
舞它那一瞥最敏銳的鋒芒，

像皚皚塞野的雪，
在月的寒光下閃映，
噴吐冷激的輝豔；
——斬，斬斷這時間的纏綿，
和猥瑣網布的糾紛，
剖取一個無瑕的透明，
看一次你，純美，
你的裸露的莊嚴。
……
然後踩登任一座高峰，
攀牽著白雲和錦樣的霞光，
跨一條長虹，
瞰臨著澎湃的海，
在一穹勻淨的澄藍裡，
書寫我的驚訝與歡欣，

獻出我最熱的一滴眼淚，
我的信仰，至誠，和愛的力量，
永遠膜拜，
膜拜在你美的面前！

一首桃花

桃花，
那一樹的嫣紅，
像是春說的一句話：
朵朵露凝的嬌豔，
是一些
玲瓏的字眼，
一瓣瓣的光致，

又是些
柔的匀的吐息；
含著笑，
在有意無意間
生姿的顧盼。

看，——
那一顫動在微風裡
她又留下，淡淡的，
在三月的薄唇邊，
一瞥，
一瞥多情的痕跡！

中夜鐘聲

鐘聲，
斂住又敲散一街的荒涼
聽——
那圓的一顆顆聲響，
直沉下時間靜寂的咽喉。
像哭泣，
像哀慟，
將這僵黑的中夜，
葬入那永不見曙星的空洞——
輕——重……
重——輕……
這搖曳的一聲聲，
又憑誰的主意

把那餘剩的憂惶
隨著風冷——
紛紛，
擲給還不成夢的人。

山中一個夏夜

山中有一個夏夜，
深得像沒有底一樣；
黑影，松林密密的；
周圍沒有點光亮。
對山閃著只一盞燈——
兩盞像夜的眼，
夜的眼在看！

滿山的風全躡著腳，
像是走路一樣，
躲過了各處的枝葉，
各處的草，不響。
單是流水，不斷地在山谷上，
石頭的心，石頭的口在唱。
均勻的一片靜，罩下，
像張軟垂的幔帳。
疑問不見了，四角裡模糊，
是夢在窺探？
夜像在祈禱，無聲地在期待，
幽馥的虔誠在無聲裡布漫。

微光

街上沒有光，沒有燈，
店廊上一角掛著有一盞；
他和她把他們一家的運命
含糊的，全數交給這黯淡。
街上沒有光，沒有燈，
店窗上，街角，照著有半盞。
合家大小樸實的腦袋，
並排兒，熟睡在土炕上。
外邊有雪夜；有泥濘；
沙鍋裡有不夠明日的米糧；
小屋，靜守住這微光，
缺乏著生活上需要的各樣。
缺的是把乾柴；是杯水；麥麵……

為這吃的喝的，本說不到信仰，——
生活已然，固定的，單靠氣力，
在肩臂上邊，來支持那生的膽量。
明天，又明天，又明天……
一切都限定了，誰還說希望——
即使是做夢，在夢裡，閃著，
仍舊是這一粒孤勇的光亮？
街角裡有盞燈，有點光，
掛在店廊，照在窗檻，
他和她，把他們一家的運命，
明白的，全數交給這悽慘。

秋天，這秋天

這是秋天，秋天，
風還該是溫軟；
太陽仍笑著那微笑，
閃著金銀，
誇耀他實在無多了的
最奢侈的早晚！
這裡那裡，在這秋天，
斑彩錯置到各處山野，
和枝葉中間，
像醉了的蝴蝶，
或是珊瑚珠翠，華貴的失散，繽紛降落到地面上。
這時候心得像歌曲，
由山泉的水光裡閃動，

浮出珠沫，
濺開山石的喉嗓唱。
這時候滿腔的熱情全是你的，
秋天懂得，
秋天懂得那狂放，——
秋天愛的是那不經意，
不經意的零亂！
但是秋天，這秋天，
他撐著夢一般的喜筵，
不為的是你的歡欣：
他撒開手，一掬纓絡，
一把落花似的幻變，
還為的是那不定的悲哀，
歸根兒蒂結住在這人生的中心！
一陣蕭蕭的風，

起自昨夜西窗的外沿，
搖著梧桐樹哭。——
起始你懷疑著：
荷葉還沒有殘敗；
小划子停在水流中間；
夏夜的細語，夾著蟲鳴，
還信得過仍然偎著
耳朵旁溫甜；
但是梧桐葉帶來桂花香，
已打到燈盞的光前。
一切都兩樣了，他閃一閃說，
只要一夜的風，一夜的幻變。
冷霧迷住我的兩眼，
在這樣的深秋裡，
你又和誰爭？

現實的背面是不是現實，荒誕的，
果屬不可信的虛妄？
疑問抵不住簡單的殘酷，
再別要憫惜流血的哀惶，
趁一次裡，
要認清造物更是摧毀的工匠。
信仰只一細炷香，
那點子亮再經不起西風
沙沙的隔著梧桐樹吹！
如果你忘不掉，
忘不掉那一起聽過的鳥啼；
一起看過的花好，
信仰該在過往的中間安睡。……
秋天的驕傲是果實，
不是萌芽，——

生命不容你不獻出你積累的馨芳；
交出受過光熱的每一層顏色；
點點瀝盡你最難堪的酸愴。
這時候，
切不用哭泣；或是呼喚；
更用不著閉上眼祈禱；
（向著將來的將來空等盼）；
只要低低的，
在靜裡，低下去已睏倦的頭來承受，——
承受這葉落了的秋天
聽風扯緊了絃索自歌挽：
這秋，這夜，這慘的變換！

年關

哪裡來，又向哪裡去，
這不斷，不斷的行人，
奔波雜遝的，這車馬？
紅的燈光，綠的紫的，
織成了這可怕，還是可愛的夜？
高的樓影渺茫天上，
都象徵些什麼現象？
這噪聒中為什麼又凝著這沉靜；
這熱鬧裡，會是淒涼？
這是年關，年關，
有人由街頭走著，估計著，
孤零的影子斜映著。
一年，又是一年辛苦，

一盤子算珠的艱和難。
日中你斂住氣，夜裡你喘，
一條街，一條街，
跟著太陽燈光往返。
人和人，好比水在流，
人是水，兩旁樓是山！
一年，一年，連年裡，
這穿過城市胸腑的辛苦，
成千萬，成千萬人流的血汗，
才會造成了像今夜這神奇可怕的燦爛！
看，街心裡橫一道影，
燈盞上開著血印的花，
夜在涼霧和塵沙中進展，展進，
許多口裡在喘著年關，年關……

憶

新年等在窗外，一縷香，
枝上剛放出一半朵紅。
心在轉，
你曾說過的幾句話，
白鴿似的盤旋。
我不曾忘，也不能忘，
那天的天澄清的透藍，
太陽帶點暖，
斜照在每棵樹梢頭，
像鳳凰。
是你在笑，仰臉望，
多少勇敢話那天，
你我全說了，

——像張風箏向藍穹，
憑一線力量。

弔瑋德

瑋德，是不是那樣，
你覺到乏了，有點兒不耐煩，
並不為別的緣故
你就走了，
向著哪一條路？
瑋德你真是聰明；
早早地讓花開過了
那頂鮮妍的幾朵，
就選個這樣春天的清晨，

揮一揮袖，
對著曉天的煙霞走去，
輕輕地，輕輕地背向著我們。
春風似的不再停住！
春風似的吹過，
你卻留下，
永遠的那麼一顆，
少年人的信心；
少年的微笑，
和悅的，
灑落在別人的新枝上。
我們驕傲，
你這驕傲，
但你，瑋德，獨不惆悵，
我們這一片懦弱的悲傷？

黯淡是這人間，
美麗不常走來，
你知道。
歌聲如果有，
也只在幾個唇邊旋轉！
一層一層塵埃，
淒愴是各樣的安排，
即使狂飆不起，狂飆不起，
這遠近蒼茫，
霧裡狼煙，
誰還看見花開！
你走了，
你也走了，
盡走了，再帶著去，
那些兒馨芳，

那些個嘹亮，
明天再明天，此後，
寂寞的平凡中，
都讓誰來支持？
一星星理想，
難道從此都空掛到天上？
瑋德你真是個詩人，
你是這般年輕，
好像天方放曉，鐘剛敲響……
你卻說倦了，
有點兒不耐煩忍心，
一條虹橋由中間拆斷；
情願聽杜鵑啼唱，
相信有明月長照，
寒光水底能依稀映成那一半連環、憧憬中，

你詩人的希望！
瑋德是不是那樣？
你覺得乏了，
人間的悵惘你不管；
蓮葉上笑著展開，
浮煙似的詩人的腳步。
你只相信天外那一條路？

靈感

是你，是花，是夢，打這兒過，
此刻像風在搖動著我：
告訴日子重疊盤盤的山窩；
清泉潺潺流動轉狂放的河；

孤僻林裡閒開著鮮妍花，
細香常伴著圓月靜天裡掛；
且有神仙紛紜的浮出紫煙，
衫裾飄忽映影在山溪前；
給人的理想和理想上鋪香花，
叫人心和心合著唱；
直到靈魂舒展成條銀河，
長長流在天上一千首歌！
是你，是花，是夢，打這裡過，
此刻像風，在搖動著我；
告訴日子是這樣的不清醒；
當中偏響著想不到的一串鈴。
樹枝裡輕聲搖曳；金鑲上翠，
低了頭的斜陽，又一抹光輝。
難怪階前人忘掉黃昏，腳下草，

高閣古松，望著天上點驕傲；
留下檀香，木魚，合掌，
在神龕前，在蒲團上，
樓外又樓外，幻想彩霞卻綴成鳳凰欄杆，
掛起了塔頂上燈！

城樓上

你說什麼？
鴨子，太陽，
城牆下那護城河？
——我？
我在想，
——不是不在聽——
想怎樣

從前……
對了，
也是秋天！
你也曾去過，
你？那小樹林？
還記得嗎；
山窩，紅葉像火？
映影湖心裡倒浸，
那靜？
天！……
（今天的多藍，你看！）
白雲，
像一縷煙。
誰又囉唆？
你愛這裡城牆，

古墓，長歌，
蔓草裡開野花朵。
好，我不再講從前的，
單想我們在古城樓上
今天，——
白鴿，
（你準知道是白鴿？）
飛過面前。

深笑

是誰笑得那樣甜，那樣深，
那樣圓轉？
一串一串明珠大小閃著光亮，迸出天真！

清泉底浮動，泛流到水面上，
燦爛，
分散！
是誰笑得好花兒開了一朵？
那樣輕盈，不驚起誰。
細香無意中，隨著風過，
拂在短牆，
絲絲在斜陽前掛著留戀。
是誰笑成這百層塔高聳，
讓不知名鳥雀來盤旋？
是誰笑成這萬千個風鈴的轉動，
從每一層琉璃的檐邊搖上雲天？

風箏

看，那一點美麗
會閃到天空！
幾片顏色，
挾住雙翅，
心，綴一串紅。
飄搖，它高高的去，
逍遙在太陽邊，
太空裡閃一小片臉，
但是不，你別錯看了，
錯看了它的力量，
天地間認得方向！
它只是輕的一片，
一點子美，

像是希望，又像是夢；
一長根絲牽住天穹，渺茫——
高高推著它舞去，
白雲般飛動，
它也猜透了不是自己，
它知道，知道是風！

別丟掉

別丟掉，
這一把過往的熱情，
現在流水似的，
輕輕在幽冷的山泉底，
在黑夜，在松林，

嘆息似的渺茫，
你仍要保存著那真！
一樣是月明，
一樣是隔山燈火，
滿天的星，
只使人不見，
夢似的掛起，
你問黑夜要回那一句話
——你仍得相信，
山谷中留著，
有那回音！

雨後天

我愛這雨後天，
這平原的青草一片！
我的心沒底止地跟著風吹，
風吹：
吹遠了香草，落葉，
吹遠了一縷雲，像煙——
像煙。

記憶

斷續的曲子，
最美或最溫柔的夜，
帶著一天的星。

記憶的梗上，
誰不有兩三朵娉婷，
披著情緒的花，
無名的展開野荷的香馥，
每一瓣靜處的月明。
湖上風吹過，
額發亂了，
或是水面皺起像魚鱗的錦。
四面裡的遼闊，
如同夢，
蕩漾著中心徬徨的過往，
不著痕跡，
誰都認識那圖畫，
沉在水底記憶的倒影！

靜院

你說這院子深深的——
美從不是現成的。
這一掬靜，
到了夜，你算，
就需要多少鋪張？
月圓了殘，叫賣聲遠了，
隔過老楊柳，一道牆，又轉，
初一？湊巧誰又在燒香……
離離落落的滿院子，
不定是神仙走過，
僅是迷惘，像夢……
窗檻外或者是暗的，
或透那麼一點燈火。

這掬靜，院子深深的

——有人也叫它做情緒——

情緒，好，

你指點看有不有輕風，

輕得那樣沒有聲響，吹著涼？

黑的屋脊，自己的，人家的，

獸似的背聳著，

又像寂寞在嘶聲的喊！

石階，儘管沉默，你數，

多少層下去，下去，

是不是還得欄杆，

斜斜的雙樹的影去支撐？

對了，角落裡邊還得有人低著頭臉。

會忘掉又會記起，——會想，

——那不論——

或者是船去了，一片水，
或是小曲子唱得嘹亮；
或是枝頭粉黃一朵，
記不得誰了，又向誰認錯！
又是多少年前，——夏夜。
有人說：
「今夜，天……」（也許是秋夜）
又穿過藤蘿，
指著一邊，小聲地，
「你看，星子真多！」
草上人描著影子；
那樣點頭，走，
又有人笑……
靜，真的，你可相信，
這平鋪的一片——

不單是月光，星河，
雪和螢蟲也遠——
夜，情緒，進展的音樂，
如果慢彈的手指能輕似蟬翼，
你拆開來看，紛紜，
那玄微的細網，
怎樣深沉的攏住天地，
又怎樣交織成，
這細緻飄渺的徬徨！

無題

什麼時候再能有，
那一片靜；
溶溶在春風中立著，
面對著山，面對著小河流？
什麼時候還能那樣，
滿掬著希望；
披拂新綠，耳語似的詩思，
登上城樓，更聽那一聲鐘響？
什麼時候，又什麼時候，
心才真能懂得，
這時間的距離，山河的年歲；
昨天的靜，鐘聲，
昨天的人，
怎樣又在今天裡劃下一道影！

題剔空菩提葉

認得這透明體，
智慧的葉子掉在人間？
消沉，慈淨——
那一天一閃冷焰，
一葉無聲的墜地，
僅證明了智慧寂寞，
孤零的終會死在風前！
昨天又昨天，
美還逃不出時間的威嚴；
相信這裡睡眠著最美麗的骸骨，
一絲魂魄月邊留念，
菩提樹下清蔭則是去年！

黃昏過泰山

記得那天，
心如同一條長河，
讓黃昏來臨，
月一片掛在胸襟。
如如同這青黛山，
今天，
心是孤傲的屏障一面；
蔥鬱，
不忘卻晚霞，
蒼莽，
卻聽腳下風起，
來了夜——

晝夢

晝夢垂著紗，
無從追尋那開始的情緒，
還未曾開花；
柔韌得像一根乳白色的莖，
纏住紗帳下；
銀光有時映亮，去了又來；
盤盤絲絡，
一半失落在夢外。
花竟開了，開了；
零落的攢集，
從容的舒展，
一朵，那千百瓣！
抖擻那不可言喻的剎那情緒，

莊嚴峰頂——
天上一顆星……
暈紫，深赤，
天空外曠碧，
是顏色和顏色浮溢，騰飛……
深沉，
又凝定——
悄然香馥，
裊娜一片靜。
晝夢垂著紗，
無從追蹤的情緒開了花；
四下里香深，
低覆著禪寂，
間或游絲似的搖移，
悠忽一重影；

悲哀或不悲哀，
全是無名，
一閃娉婷。

八月的憂愁

黃水塘裡游著白鴨，
高粱梗油青的剛高過頭，
這跳動的心怎樣安插，
田裡一窄條路，八月裡這憂愁？
天是昨夜雨洗過的，
山岡照著太陽又留一片影；
羊跟著放羊的轉進村莊，
一大棵樹蔭下罩著井，又像是心！
從沒有人說過八月什麼話，

夏天過去了，也不到秋天。
但我望著田壟，土牆上的瓜，
仍不明白生活和夢怎樣的連牽。

過楊柳

反覆地在敲問心同心，
彩霞片片已燒成灰燼，
街的一頭到另一條路，
同是個黃昏撲進塵土。
愁悶壓住所有的新鮮，
奇怪街邊此刻還看見，
混沌中浮出光妍的紛糾，
死色樓前垂一棵楊柳！

冥思

心此刻和沙漠一樣平，
思想像孤獨地一個阿拉伯人；
仰臉孤獨的向天際望，
落日遠邊奇異的霞光，
安靜的，又側個耳朵聽，
遠處一串駱駝的歸鈴。
在這白色的週遭中，
一切像凝凍的雕形不動；
白袍，腰刀，長長的頭巾，
浪似的雲天，沙漠上風！
偶有一點子振盪閃過天線，
殘霞邊一顆星子出現。

空想（外四章）

空想

終日的企盼企盼正無著落，
太陽穿窗簾影，種種花樣。
暮秋夢遠，一首詩似的寂寞，
真怕看光影，花般灑在滿牆。
日子悄悄地僅按沉吟的節奏，
盡打動簡單曲，像鐘搖響。
不是光不流動，花瓣子不點綴時候，
是心漏卻忍耐，厭煩了這空想！

你來了

你來了，畫裡樓閣立在山邊，
交響曲，由風到風，草青到天！

陽光投多少個方向，誰管？
你，我如同畫裡人，
掉回頭，便就不見！
你來了，花開到深深的深紅，
綠萍遮住池塘上一層曉夢，
鳥唱著，樹梢交織著枝柯，
——白雲卻是我們，悠忽翻過幾重天空！

「九・一八」閒走

天上今早蓋著兩層灰，
地上一堆黃葉在徘徊，
惘惘地是我跟著涼風轉，
荒街小巷，蛇鼠般追隨！

我問秋天，秋天似也疑問我：
在這塵沙中又掙扎些什麼，
黃霧扼住天的喉嚨，
處處僅剩情緒的殘破？
但我不信熱血不仍在沸騰；
思想不仍鋪在街上多少層；
甘心讓來往車馬狠命的軋壓，
待從地面開花，另來一種完整。

藤花前——獨過靜心齋

紫藤花開了，
輕輕地放著香，
沒有人知道……
紫藤花開了，
輕輕地放著香，

沒有人知道。
樓不管，曲廊不作聲，
藍天裡白雲行去，
池子一脈靜；
水面散著浮萍，
水底下掛著倒影。
紫藤花開了，
沒有人知道！
藍天裡白雲行去，
小院，
無意中我走到花前。
輕香，
風吹過花心，
風吹過我，
望著無語，紫色點。

旅途中

我捲起一個包袱走，
過一個山坡子松，
又走過一個小廟門，
在早晨最早的一陣風中。
我心裡沒有埋怨，人或是神；
天底下的煩惱，連我的攏總，
像已交給誰去……
前面天空。
山中水那樣清，
山前橋那麼白淨，——
我不知道造物者認不認得自己圖畫；
鄉下人的笠帽，草鞋，
鄉下人的性情。

紅葉裡的信念

年年不是要看西山的紅葉，
誰敢看西山紅葉？
不是要聽異樣的鳥鳴，
停在那一個靜幽的樹枝頭，
是腳步不能自已的走——走，
邁向理想的山坳子，
尋覓從未曾尋著的夢：
一莖夢裡的花，一種香，
斜陽四處掛著，風吹動，
轉過白雲，小小一角高樓。
鐘聲已在腳下，
松同松並立著等候，
山野已然百般渲染豪侈的深秋。

夢在哪裡，你的一縷笑，
一句話，在雲浪中尋遍不知落到哪一處？
流水已經漸漸的清寒，
載著落葉穿過空的石橋，
白欄杆，叫人不忍再看，
紅葉去年一起踏過的腳跡火一般。
好，抬頭，這是高處，
心捲起隨著那白雲浮過蒼茫，
別計算在哪裡駐腳，
去，相信千里外還有霞光，像希望，
記得那煙霞顏色，
就不為編織美麗的明天，
為此刻空的歌唱，
空的淒惻，空的纏綿，
也該放多一點勇敢，

不怕連牽斑駁金銀般舊積的創傷！
再看紅葉每年，山重複的流血，
山林，石頭的心胸從不倚借夢支撐，
夜夜風像利刃削過大土壤，
天亮時沉默焦灼的唇，
忍耐的仍向天藍，
呼喚瓜果風霜中完成，
呈光彩，自己山頭流血，變墳臺！
平靜，我的腳步，慢點兒去，
別相信誰曾安排下夢來！
一路上枯枝，鳥不曾唱，
小野草香風早不是春天。
停下！停下！
風和雲，水和水藻全叫住我，
說夢在背後；

蝴蝶鞦韆理想的山坳，
和這當前現實的石頭子路還缺個牽連！
愈是山中奇妍的黃月光掛出樹尖，
愈得相信夢，
夢裡斜暉一莖花是謊！
但心不信！
空虛的驕傲秋風中旋轉，
心仍叫喊理想的愛和美，
和白雲角逐；和斜陽笑吻；
和樹，和花，和香，
乃至和秋蟲石隙中悲鳴，要攜手去；
和奔躍嬉遊水面的青蛙，
盲目的再去尋盲目日子，
要現實的熱情另塗圖畫，
要把滿山紅葉采作花！

這蕭蕭瑟瑟不斷的嗚咽，
掠過耳鬢也還捲著溫存，
影子在秋光中搖曳，
心再不信光影外有串疑問！
心仍不信，
只因是午後，
那片竹林子陽光穿過照暖了石頭，
赤紅小山坡，
影子長長兩條，
你跟我曾經參差那亭子石路前，
淺碧波光老樹幹旁邊！
生命中的謊再不能比這把顏色更鮮豔！
記得那一片黃金天，
珊瑚般玲瓏葉子秋風裡掛，
即使自己感覺內心流血，

又怎樣個說話？
誰能問這美麗的後面是什麼？
賭博時，眼閃亮，
從不悔那猛上孤注的力量；
都說任何苦痛去換任何一分，
一毫，一個纖微的理想！
所以腳步此刻仍在邁進，
不能自已，不能停！
雖然山中一萬種顏色，一萬次的變，
各種寂寞已環抱著孤影；
熱的減成微溫，溫的又冷，
焦黃葉壓踏在腳下碎裂，
殘酷地散排昨天的細屑，
心卻仍不問腳步為甚固執，
那尋不著的夢中路線，

仍依戀指不出方向的一邊！
西山，我發誓地，指著西山，
別忘記，
今天你，我，紅葉，
連成這一片血色的傷愴！
知道我的日子僅是匆促的幾天，
如果明年你和紅葉再紅成火焰，
我卻不見……深紫，
你山頭須要多添一縷抑鬱熱情的象徵，
記下我曾為這山中紅葉，
今天流血地存一堆信念！

山中

紫色山頭抱住紅葉，將自己影射在山前，
人在小石橋上走過，渺小的追一點子想念。
高峰外雲在深藍天裡鑲白銀色的光轉，
用不著橋下黃葉，人在泉邊，才記起夏天！
也不因一個人孤獨的走路，路更蜿蜒，
短白牆房舍像畫，仍畫在山坳另一面，
只這丹紅集葉替代人記憶失落的層翠，
深淺團抱這同一個山頭，惆悵如薄層煙。
山中斜長條青影，如今紅蘿亂在四面，
百萬落葉火焰在尋覓山石荊草邊，
當時黃月下共坐天真的青年人情話，
相信那三兩句長短，星子般仍掛秋風裡不變。

靜坐

冬有冬的來意，
寒冷像花，——
花有花香，冬有回憶一把。
一條枯枝影，青煙色的瘦細，
在午後的窗前拖過一筆畫；
寒裡日光淡了，漸斜……
就是那樣地像待客人說話，
我在靜沉中默啜著茶。

十月獨行

像個靈魂失落在街邊，
我望著十月天上十月的臉，

我向霧裡黑影上塗熱情，
悄悄地看一團流動的月圓。
我也看人流著流著過去來回，
黑影中衝著波浪翻星點，
我數橋上欄杆龍樣頭尾，
像坐一條寂寞船，自己拉縴。
我像哭，像自語，我更自己抱歉！
自己焦心，同情，一把心緊似琴弦，——
我說啞的，啞的琴我知道，
一出曲子未唱，幻望的手指終未來在上面？

時間

人間的季候永遠不斷在轉變，
春時你留下多處殘紅，翩然辭別，
本不想回來時和誰嘆息秋天！
現在連秋雲黃葉又已失落去，
遼遠裡，剩下灰色的長空一片透澈的寂寞，
你忍聽冷風獨語？

古城春景

時代掌握不住時代自己的煩惱，
輕率的不滿，就不叫它這時代牢騷——
偏又流成憤怨，聚一堆黑色的濃煙，
噴出煙囪，那矗立的新觀念，在古城樓對面！

怪得這嫩灰色——一片，帶疑問的春天，
要泥黃色風沙，順著白洋灰街沿，
再低著頭去尋覓那已失落了的浪漫，
到藍布棉簾子，萬字欄杆，仍上老店鋪門檻？
尋去，不必有新奇的新發現，舊有保障，
即使古老些，需要翡翠色甘蔗做拐杖，
來支撐城牆下小果攤，那紅鮮的冰糖葫蘆，
仍然光耀，串串如同舊珊瑚，還不怕新時代的塵土。

前後

河上不沉默的船，
載著人過去了；
橋——三環洞的橋基，

上面再添了足跡；
早晨，
早又到了黃昏，
這連續，
綿長的路……
不能問誰，
想望的終點，——
沒有終點，
這前面。
背後，
歷史是片累贅！

去春

不過是去年的春天，花香，
紅白的相間著一條小曲徑，
在今天這蒼白的下午，再一次登山，
回頭看，小山前一片松風，
就吹成長長的距離，在自己身旁。
人去時，孔雀綠的園門，白丁香花，
相伴著動人的細緻，在此時，
又一次湖水將解的季候，已全變了畫。
時間裡懸掛，迎面陽光不來，
就是來了也是斜抹一行沉寂記憶，樹下。

除夕看花

新從嘈雜著異鄉口調的花市上買來，
碧桃雪白的長枝，和紅血般的山茶花。
著自己小角隅再用精緻鮮豔來結采，
不為著銳的傷感，僅是鈍的還有剩餘下！
明知道房裡的靜定，像弄錯了季節，
氣氛中故鄉失得更遠些，時間倒著懸掛；
過年也不像過年，看出燈籠在燒著點點血，
簾垂花下已記不起舊時熱情、舊日的話。
如果心頭再旋轉著熟識舊時的芳菲，
模糊如條小徑越過無數道籬笆，
紛紜的花葉枝條，草看弄得人昏迷，
今日的腳步，再不甘重踏上前時的泥沙。
月色已凍住，指著各處山頭，河水更零亂，

關心的是馬蹄平原上辛苦，無響在刻畫，
除夕的花已不是花，僅一句言語梗在這裡，
抖戰著千萬人的憂患，每個心頭上牽掛。

孤島

遙望它是充滿畫意的山峰，
遠立在河心裡高傲的凌聳，
可憐它只是不幸的孤島，——
天然沒有梗堤，人工沒搭座虹橋。
他和他的映影永為周圍水的囚犯；
陸地於它，是達不到的希望！
早晚寂寞它常將小舟挽住，
風雨時節任江霧把自己隱去。

晴天它挺著小塔，玲瓏獨對雲心；
盤盤石階，由鐘聲松林中，超出安靜。
特殊的輪廓它苦心孤詣做成，
漠漠大地又哪裡去找一點同情？

死是安慰

個個連環，永打不開，
生是個結，又是個結，
死的實在，
一朵雲彩。
一根繩索，永遠牽住，
生是張風箏，難得飄遠，
死是江霧，
迷茫飛去。

長條旅程，永在中途，
生是串腳步，泥般沉重，
死是盡處，
不再辛苦。
一曲溪澗，日夜流水，
生是種奔逝，永在離別！
死只一回，
它是安慰。

給秋天

正與生命裡一切相同，
我們愛得太是匆匆；
好像只是昨天，
你還在我的窗前！

笑臉向著晴空，
你的林葉笑聲裡染紅，
你把黃光當金子般散開，
稚氣，豪侈，你沒有悲哀。
你的紅葉是親切的牽絆，
那零亂每早必來纏住我的晨光。
我也吻你，不顧你的背影隔過玻璃！
你常淘氣的閃過，卻不對我忸怩。
可是我愛的多麼瘋狂，
竟未覺察淒厲的夜晚，
已在你背後尾隨，——
等候著把你殘忍的摧毀！
一夜呼號的風聲，
果然沒有把我驚醒，
等到太晚的那個早晨，

啊。天！你已經不見了蹤影。
我苛刻地詛咒自己，
但現在有誰走過這裡，
除卻嚴冬鐵樣長臉，
陰霾中，偶然一見。

人生

人生，
你是一支曲子，
我是歌唱的；
你是河流，
我是條船，一片小白帆，
我是個行旅者的時候，

你，田野，山林，峰巒。
無論怎樣，
顛倒密切中牽連著，
你和我，
我永從你中間經過；
我生存，
你是我生存的河道，
理由和力量。
你的存在，
則是我胸前心跳裡，
五色的絢彩，
但我們彼此交錯，
並未彼此留難。
……
現在我死了，

你——
我把你再交給他人負擔！

展緩

當所有的情感，
都併入一股哀怨，
如小河，大河，匯向著無邊的大海，
——不論怎麼衝擊，怎樣盤旋，
那河上勁風，大小石卵，
所做成的幾處逆流，小小港灣，
就如同
那生命中，無意的寧靜，
避開了主流；情緒的

平波越出了悲愁。
停吧，這奔馳的血液；
它們不必全然廢弛的，
都去造成眼淚。
不妨多幾次輾轉，溯回流水，
任憑眼前這一切繚亂，
這所有，去建築邏輯。
把絕望的結論，
稍稍
遲緩，拖延時間，
拖延理智的判斷，
會再給純情感一種希望！

六點鐘在下午

用什麼來點綴，
六點鐘在下午？
六點鐘在下午，
點綴在你生命中，
僅有彷彿的燈光，
褪敗的夕陽，
窗外一張落葉在旋轉！
用什麼來陪伴，
六點鐘在下午？
六點鐘在下午，
陪伴著你在暮色裡閒坐，
等光走了，影子變換，
一支煙，為小雨點繼續著，
無所盼望！

昆明即景

一　茶鋪

這是立體的構畫，
描在這裡許多樣臉，
在順城腳的茶鋪裡，
隱隱起喧騰聲一片。
各種的姿勢，
生活刻畫著不同方面：
茶座上全坐滿了，
笑的，皺眉的，有的抽著旱煙。
老的，慈祥的面紋，
年輕的，靈活的眼睛，
都暫要時間茶杯上停住，
不再去擾亂心情！

一天一整串辛苦，
此刻才賺回小把安靜，
夜晚回家，還有遠路，
白天，誰有工夫閒看雲影？
不都為著真的口渴，
四面窗開著，喝茶，
蹺起膝蓋的是疲乏，
赤著臂膀好同鄉鄰閒話。
也為了放下扁擔同肩背，
向運命喘息，倚著牆，
每晚靠這一碗茶的生趣，
幽默估量生的短長……
這是立體的構畫，
設色在小生活旁邊，
蔭涼南瓜棚下茶鋪，

熱鬧照樣地又過了一天！

二　小樓

張大爹臨街的矮樓，
半藏著，半挺著，立在街頭，
瓦覆著它，窗開一條縫，
夕陽染紅它，如寫下古遠的夢。
矮檐上長點草，也結過小瓜，
破石子路在樓前，無人種花，
是老罈子，瓦罐，大小的相伴；
塵垢列出許多風趣的零亂。
但張大爹走過，不吟詠它好；
大爹自己（上年紀了）不相信古老。
他拐著杖常到隔壁沽酒，
寧願過橋，土堤去看新柳！

一串瘋話

好比這樹丁香，幾枝山紅杏，
相信我的心裡留著有一串話，
繞著許多葉子，青青的沉靜，
風露日夜，只盼五月來開開花！
如果你是五月，八月裡為我吹開
藍空上霞彩，那樣子來了春天，
忘掉靦腆，我定要轉過臉來，
把一串瘋話全說在你的面前！

橋

他的使命：
南北兩岸莽莽兩條路的攜手；

他的完成：

不擋江月東西，船隻上下的交流；

他的肩背：

堅定的讓腳步上面通過，找各人的路去；

他的胸懷：

虛空的環洞，不把江心的洪流堵住。

他是座橋，

一條大膽的橫梁，立腳於茫茫水面；

一堆泥石，

辛苦堆積或造型的完美，在自然上邊；

一掬理智，

適應無數的神奇，支持立體的紀念；

一次人工，

矯正了造化的疏忽，將隔絕的重新牽連！

他是座橋，

看那平衡兩排如同靜思的欄杆；
他的力量，
兩座橋墩下，多粗壯的石頭鑲嵌；
他的忍耐，
容每道車轍刻入腳印已磨光的石板；
他的安閒，
歲月增進，讓釣翁野草隨在身旁。
他的美麗，
如同山月的鎖鑰，正見出人類匠心；
他的心靈，
浸入寒波，在一鉤倒影裡續成圓形。
他的存在，
卻不為嬉戲的閒情——而為責任；
他的理想，
該寄給人生行旅者一種虔誠。

古城黃昏

我見到古城在斜陽中凝神；
城樓望著城樓，
忘卻中間一片黃金的殿頂；
十條鬧街還散在腳下，
蟲蟻一樣有無數行人。
我見到古城在黃昏中凝神；
烏鴉噪聒的飛旋，
廢苑古柏在晒倦中支撐。
無數壇廟寂寞與荒涼，
鎖起一座座剝落地殿門！
我聽到古城在薄霧中獨語；
僧寺悄寂，熄了香火，
鐘聲沉下，市聲裡失去；

車馬不斷揚起年代的塵土，
到處風沙嘆息著歷史。

病中雜詩（九首）

小詩（一）

感謝生命的諷刺嘲弄著我，
會唱的喉嚨啞成了無言的歌。
一片輕紗似的情緒，本是空靈，
現時上面全打著拙笨補丁。
肩頭上先是挑起兩擔雲彩，
帶著光輝要在從容天空裡安排；
如今黑壓壓沉下現實的真相，
靈魂同饑餓的脊梁將一起壓斷！

我不敢問生命現在人該當如何，
喘氣！經驗已如舊鞋底的穿破，
這紛歧道路上，石子和泥土模糊，
還是赤腳方便，去認取新的辛苦。

小詩（二）

小蚌殼裡有所有的顏色；
整一條虹藏在裡面。
絢彩的存在是他的祕密，
外面沒有夕陽，也不見雨點。
黑夜天空上只一片渺茫；
整宇宙星鬥那裡閃亮，
遠距離光明如無邊海面，
是每小粒晶瑩，給了你方向。

惡劣的心緒

我病中，這樣纏住憂慮和煩憂，
好像西北冷風，從沙漠荒原吹起，
逐步吹入黃昏街頭巷尾的垃圾堆；
在霉腐的瑣屑裡尋討安慰，
自己在萬物消耗以後的殘骸中驚駭，
又一點一點給別人揚起可怕的塵埃！
吹散記憶正如陳舊的報紙飄在各處徬徨，
破碎支離的記錄只顛倒提示過去的騷亂。
多餘的理性還像一隻饑餓的野狗
那樣追著空罐同肉骨，
自己寂寞的追著，
咬嚼人類的感傷；
生活是什麼都還說不上來，
擺在眼前的已是這許多渣滓！

我希望：風停了；
今晚情緒能像一場小雪，
沉默的白色輕輕降落地上；
雪花每片對自己和他人都帶一星耐性的仁慈，
一層一層把惡劣殘破和痛苦的一起掩藏；
在美麗明早的晨光下，
焦心暫不必再有，
絕望要來時，
索性是雪後殘酷的寒流！

寫給我的大姊

當我去了，還有沒說完的話，
好像客人去後杯裡留下的茶；
說的時候，同喝的機會，都已錯過，
主客黯然，可不必再去惋惜它。

如果有點感傷，你把臉掉向窗外，
落日將盡時，西天上，總還留有晚霞。
一切小小的留戀算不得罪過，
將盡未盡的衷曲也是常情。
你原諒我有一堆心緒上的閃躲，
黃昏時承認的，否認等不到天明；
有些話自己也還不曾說透，
他人的了解是來自直覺的會心。
當我去了，還有沒說完的話，
像鐘敲過後，時間在懸空裡暫掛，
你有理由等待更美好的繼續；
對忽然的終止，你有理由懼怕。
但原諒吧，我的話語永遠不能完全，
亙古到今情感的矛盾做成了嘶啞。

一天

今天十二個鐘頭，
是我十二個客人，
每一個來了，又走了，
最後夕陽拖著影子也走了！
我沒有時間盤問我自己胸懷，
黃昏卻躡著腳，好奇的偷著進來！
我說：朋友，這次我可不對你訴說啊，
每次說了，傷我一點驕傲。
黃昏黯然，無言的走開，
孤單的，沉默的，我投入夜的懷抱！

對殘枝

梅花你這些殘了後的枝條，
是你無法訴說的哀愁！

今晚這一陣雨點落過以後，
我關上窗子又要和你分手。
但我幻想夜色安慰你傷心，
下弦月照白了你，最是同情，
我睡了，我的詩記下你的溫柔，
你不妨安心放芽去做成綠蔭。

對北門街園子

別說你寂寞；大樹拱立，
草花爛漫，一個園子永遠睡著；
沒有腳步的走響。
你樹梢盤著飛鳥，
每早雲天吻你額前，
每晚你留下對話正是西山最好的夕陽。

十一月的小村

我想像我在輕輕地獨語：
十一月的小村外是怎樣個去處？
是這渺茫江邊淡泊的天；
是這映紅了的葉子疏疏隔著霧；
是鄉愁，是這許多說不出的寂寞；
還是這條獨自轉折來去的山路？
是村子迷惘了，繞出一絲絲青煙；
是那白沙一片篁竹圍著的茅屋？
是枯柴爆裂著灶火的聲響，
是童子縮頸落葉林中的歌唱？
是老農隨著耕牛，遠遠過去，
還是那坡邊零落在吃草的牛羊？
是什麼做成這十一月的心，
十一月的靈魂又是誰的病？

山坳子叫我立住的僅是一面黃土牆；
下午通過雲霾那點子太陽！
一棵野藤絆住一角老牆頭，
斜睨兩根青石架起的大門，倒在路旁，
無論我坐著，我又走開，
我都一樣心跳；
我的心前雖然煩亂，總像繞著許多雲彩，
但寂寂一灣水田，這幾處荒墳，
它們永說不清誰是這一切主宰，
我折一根柱枝，看下午最長的日影。
要等待十一月的回答微風中吹來。

憂鬱

憂鬱自然不是你的朋友；
但也不是你的敵人，你對他不能冤屈！
他是你強硬的債主，你呢？
是把自己靈魂押給他的賭徒。
你曾那樣拿理想賭博，
不幸你輸了；
放下精神最後保留的田產，最有價值的衣裳，
然後一切你都賠上，
連自己的情緒和信仰，那不是自然？
你的債權人他是，
那麼，別盡問他臉貌到底怎樣！
呀天，你如果一定要看清今晚這裡有盞小燈，
燈下你無妨和他面對面，
你是這樣的絕望，他是這樣無情！

我們的雄雞

我們的雄雞從沒有以為
自己是孔雀，
自信他們雞冠已夠他仰著頭漫步——
一個院子他繞上了一遍，
儀表風姿，
都在群雌的面前！
我們的雄雞從沒有以為
自己是首領，
曉色裡他只揚起他的呼聲，
這呼聲叫醒了別人，
他經濟地保留這種叫喊（保留那規則），
於是便象徵了時間！

哭三弟恆——三十年空戰陣亡

弟弟，
我沒有適合時代的語言來哀悼你的死；
它是時代向你的要求，
簡單的，你給了。
這冷酷簡單的壯烈是時代的詩，
這沉默的光榮是你。
假使在這不可免的真實上多給了悲哀，
我想呼喊，
那是——你自己也明瞭——
因為你走得太早，
太早了，弟弟，難為你的勇敢，
機械的落伍，你的機會太慘！
三年了，你陣亡在成都上空，

這三年的時間所做成的不同，
如果我向你說來，你別悲傷，
因為多半不是我們老國，
而是他人在時代中碾動，
我們靈魂流血，炸成了窟窿。
我們已有了盟友、物資和軍火，
正是你所曾經希望過。
我記得，
記得當時我怎樣和你討論又討論，點算又點算，
每一天你是那樣耐性地等著，
每天卻空的過去，慢得像駱駝！
現在驅逐機已非當日你最理想駕駛的「老鷹式七五」那樣——
那樣笨，那樣慢，
啊，弟弟不要傷心，
你已做到你們所能做的，

別說是誰誤了你，是時代無法衡量，
中國還要上前，黑夜在等天亮。
弟弟，我已用這許多不美麗言語，
算是詩來追悼你，
要相信我的心多苦，喉嚨多啞，
你永不會回來了，我知道，
青年的熱血做了科學的代替；
中國的悲愴永沉在我的心底。
啊，你別難過，難過了我給不出安慰。
我曾每日那樣想過了幾回：
你已給了你所有的，
和你去的弟兄
也是一樣，獻出你們的生命；
已有的年輕一切；將來還有的機會，
可能的壯年工作，老年的智慧；

可能的情愛，家庭，兒女，
及那所有生的權利，喜悅；及生的糾紛！
你們給的真多，都為了誰？
你相信今後中國多少人的幸福要在你的前頭，比自己要緊；
那不朽
中國的歷史，還需要在世上永久。
你相信，你也做了，最後一切你交出。
我既完全明白了，為何我還為著你哭？
只因你是個孩子卻沒有留什麼給自己，
小時我盼著你的幸福，戰時你的安全，
今天你沒有兒女牽掛需要撫卹和安慰，
而萬千國人像已忘掉，你死是為了誰！

電子書購買

國家圖書館出版品預行編目資料

你有理由等待更美好的繼續：這個時代是我們的 / 林徽因 著 . -- 第一版 . -- 臺北市 : 崧燁文化事業有限公司 , 2023.08

面； 公分

POD 版

ISBN 978-626-357-462-5(平裝)

848.7 112009327

你有理由等待更美好的繼續：這個時代是我們的

臉書

作　　者：林徽因

發 行 人：黃振庭

出 版 者：崧燁文化事業有限公司

發 行 者：崧燁文化事業有限公司

E-mail：sonbookservice@gmail.com

粉 絲 頁：https://www.facebook.com/sonbookss/

網　　址：https://sonbook.net/

地　　址：台北市中正區重慶南路一段六十一號八樓 815 室

Rm. 815, 8F., No.61, Sec. 1, Chongqing S. Rd., Zhongzheng Dist., Taipei City 100, Taiwan

電　　話：(02) 2370-3310　　**傳　　真**：(02) 2388-1990

印　　刷：京峯數位服務有限公司

律師顧問：廣華律師事務所 張珮琦律師

定　　價：350 元

發行日期：2023 年 08 月第一版

◎本書以 POD 印製